Anke Voigt
Das Hexenhaus

Die Autorin

Anke Voigt wurde 1959 im Ostseebad Kühlungsborn geboren. Ihre Kindheit und Ausbildung zum „Wirtschaftskaufmann" verbrachte sie im thüringischen Altenburg, bis sie an die Weimarer Musikhochschule „Franz Liszt" ging, um dort Gesang zu studieren. Es folgte ein Engagement beim Rundfunkchor Berlin, wofür sie erst nach Berlin und später ins Brandenburgische Fredersdorf zog. Seit 2021 gibt sie als Freiberuflerin Instrumental- und Gesangsunterricht und widmet sich dem Schreiben.

Das Buch

Anke Voigt schreibt über die Liebe, über die Liebe zur Sprache und über das Leben an sich. Sei es nun das dezent demente Bratwurstabenteuer oder die Geschichte über vermeintlich wertlosen Krempel, der bei „Bares für Rares" kein Händlerkärtchen bekommen würde, der aber einen unschätzbaren emotionalen Wert birgt. Mit viel Engagement schafft sie aus Erlebnissen, Beobachtungen und Fantasien kurze und kompakte Geschichten, in denen wir einen ihr ganz eigenen Blickwinkel auf die Welt erhaschen können. Da dürfen ebenso wenig die Erzählungen über Hexen, Hundemenschen und Baumhasser fehlen, wie die über Musikliebende, Genossen oder Zwillingspuppen. In diesem Buch vereint sie 25 Kurzgeschichten über normale Menschen wie uns. (Theresa Voigt)

Anke Voigt

Das Hexenhaus

Kurzgeschichten

Herstellung und Verlag: BoD – Books on Demand,
Norderstedt
ISBN: 9783755758822
Copyright by Anke Voigt, Fredersdorf – 2020
Covergestaltung und Foto: Rebekka John

Glück entsteht oft durch
Aufmerksamkeit in kleinen Dingen,
Unglück oft durch
Vernachlässigung kleiner Dinge.

Wilhelm Busch

Nicht die Vollkommenen,
sondern die Unvollkommenen
brauchen unsere Liebe

Oscar Wilde

Das Hexenhaus

Neulich hat es geschneit. Es war der erste Schnee in diesem Jahr. Und obwohl er fast noch im Herabfallen taute, zog ich meine Winterstiefel an, stopfte mir Handschuhe in die Jackentaschen und ging hinaus, den ersten Schnee zu begrüßen, ihn auf der Haut zu spüren. Das hatte ich schon als Kind getan, habe diese Gewohnheit in all den Jahren meines bisherigen Lebens beibehalten. Nun ist der Winter wirklich da, dachten wir als Kinder. Endlich Schnee, freute ich mich jetzt. Damals gab es viel mehr davon. Jedenfalls in meiner Erinnerung.

Übermütig streckte ich meine Zunge heraus, um das kühle Weiß zu schmecken. Als mir mein Tun bewusst wurde, schaute ich mich erschrocken nach allen Seiten um. „Lass das! Was sollen denn die Leute denken?", hörte ich meine Mutter sagen, als stünde sie, die doch seit Jahren tot ist, direkt neben mir. Nach kurzem Innehalten schob ich die Zunge noch weiter heraus. „Ist mir doch egal, was die anderen denken", dachte ich und lachte übermütig über mein eigenes Erschrecken wenige Sekunden zuvor.

Auf meinem planlosen Weg durch den Winter kam ich bald ans Hexenhaus. Das Häuschen steht jetzt schon seit sieben Jahren leer. Jemand hat die Fenster eingeschlagen. Die Eingangstür wurde aus den Angeln gerissen. Ein großes Loch klafft in der Dachziegeldecke. Das war neu. Auf jedem meiner Spaziergänge, die mich hier vorbeiführen, entdecke ich mehr Zerstörung. Und obwohl die Besitzerin nicht mehr lebt, tut es weh, diesen Verfall zu sehen.

Hier hat Oma Elly gewohnt. Bis zu ihrem Tod vor sieben Jahren. Die Kinder des Dorfes nannten sie Hexe. Auch meine Tochter. Bis ich es ihr verbot.

Ich lernte Oma Elly auf einem meiner Spaziergänge kennen. Sie war mit dem Fahrrad gestürzt, saß nun am Rande des Fußweges und rieb sich die Knie. Ich half ihr aufzustehen. Sie war erstaunlich leicht. Ob ich ihr mit dem Fahrrad helfen könne, ihr sei so taumelig, bat sie mich. Also schob ich ihr Rad mit den Einkaufsbeuteln zu beiden Seiten des Lenkers nach Hause.

„Hier ist es schon", sagte sie, als wir nach nur wenigen Schritten vor einem ziemlich verfallenen Häuschen ankamen. Ein großer dunkler Hund, in dem ich Merkmale von Schnauzer, Schäferhund und Pudel zu entdecken glaubte, sprang uns schwanzwedelnd entgegen. Obwohl ich ziemlichen Respekt vor Hunden habe, wirkte dieses Exemplar so lieb und harmlos, dass ich es sofort mit Streicheleinheiten versorgen wollte. „Weg, Bruno", rief die Frau und schob den Hund von mir fort.

Ich balancierte das Fahrrad durch eine Schar Hühner und lehnte es mitsamt dem Einkauf an die Hauswand, konzentriert darauf bedacht, mir nicht zu viel von den Ausscheidungen dieser gefiederten Tierchen ins Schuhsohlenprofil zu treten. Im hinteren Teil des Gartens entdeckte ich ein paar Enten, die eine auf einem Zaunpfosten sitzende getigerte Katze so lange vollschnatterten, bis diese genervt herabsprang und im Gebüsch des Nachbargartens verschwand. Hier gibt es tatsächlich noch ein Stück echtes Dorf, dachte ich begeistert.

Damals lebte ich erst seit kurzem in dem Ort, der zwar auf der Silbe *-dorf* endet, jedoch mit der ursprünglichen landwirtschaftlichen Siedlungsform nicht mehr viel gemein hat. Die letzte Kuh ist vor Jahren gestorben und nie durch eine neue ersetzt worden. Die Gänse in unserer Nebenstraße mussten dem Zorn des Nachbarn weichen und der Schweinestall von Bauer Schmidt wurde zum Kinderzimmer umgestaltet, da das Wohnhaus keinen Platz für das ungewollte fünfte Kind bot. Immerhin ist Herr Schmidt geblieben, was er immer war: Bauer. Sein kleines Feld bringt bis heute Getreide und Futterrüben im Wechsel hervor, wenn auch ohne finanziellen Gewinn für ihn. Mit jedem Jahr wird unser altes Dorf mehr zu einer Vorstadtsiedlung. Was bewegt einen Großstädter dazu, aufs Land zu ziehen, wenn er weder Gänse noch Hunde oder holperige Sandstraßen liebt? Ist es ausschließlich der Wunsch nach einem eigenen Grundstück mit einem eigenen Haus drauf, einem eigenen Pool, gepflasterter Riesenterrasse und möglichst wenigen dieser störenden, Schatten werfenden Bäume? Doch ich schweife ab…

„Kann ich noch irgendetwas für Sie tun", fragte ich die Frau. Sie schien mich vergessen zu haben. Statt zu antworten, griff sie nach einem Körnertopf, der auf dem Fensterbrett bereitstand, und begann die Hühner zu füttern. Ich verabschiedete mich, was sie ebenfalls ignorierte, und ging. Als ich das Gartentor schloss, las ich ihren Namen: Elly Kuhn.

„Das ist doch die Hexe", rief meine Tochter, als ich zu Hause von meinem Erlebnis berichtete. „Mama, du warst echt bei der Hexe?"

„Nenn sie nie wieder so! Ihr Name ist Elly Kuhn", schimpfte ich mit meinem Kind, das erschrocken zu weinen begann.

„Weißt du, was die früher mit denen, von denen sie glaubten, dass es Hexen seien, gemacht haben?" Woher sollte sie es wissen? Es tat mir leid, dass ich so heftig reagiert hatte. Ich nahm sie in den Arm und entschuldigte mich bei ihr.

Die Schulkinder blieben nach der Schule an ihrem Gartenzaun stehen, berichtete meine Tochter, nachdem sie sich beruhigt hatte. Der Hund sei so süß, aber immer, wenn ihn jemand streichelte, käme die Hexe, nein die Frau Kuhn, „Entschuldigung Mama!", um sie anzumeckern. Sie habe dann ganz böse Augen und rede manchmal total wirres Zeugs. „Die Jungs ärgern sie, rütteln am Zaun und rufen ihr Ausdrücke zu. Dann rennen sie weg. Das nennen sie Mutprobe. – Aber die ist wirklich echt gruselig." Meine Tochter schüttelte sich. „Die Sechstklässler sagen, dass sie eine echte Hexe ist und man aufpassen muss, dass sie einen nicht im Dunkeln erwischt. Es gibt doch wirklich keine Hexen, oder, Mama?"

„Wie kann man nur solch einen Quatsch glauben!", erwiderte ich. Dann fiel mir der Hundefänger meiner Kindheit ein. Hätten wir uns damals seine Gefährlichkeit ausreden lassen? Wir wollten an den bösen Mann glauben, der Hunde einfängt und im Lieferwagen mitnimmt, um sie schließlich zu töten. Hinterfragten wir jemals die Absurdität unseres angeblichen Wissens? Wir waren Kinder. Wir brauchten diese Geschichten. Wir brauchten unsere seltsamen Figuren, unsere Originale. Wir wollten uns gruseln.

Als ich ein paar Tage später am Haus von Elly Kuhn vorbeikam, zupfte sie Unkraut in dem kleinen Asternbeet gleich hinterm Zaun. Ich gebe zu, dass ich den Weg, in der Hoffnung sie zu treffen, bewusst gewählt hatte. Die Berichte meiner Tochter hatten mich neugierig gemacht. Die Frau begrüßte mich erfreut. Meinen Unmut wegen ihrer Unfreundlichkeit vor Tagen hatte ich nach dem, was meine Tochter mir erzählt hatte, längst von mir geschoben. Ich blieb am Gartentor stehen, um ein paar Worte mit ihr zu wechseln. Diesmal war sie sehr aufgeschlossen und mir zugewandt. Natürlich erkenne sie mich wieder. Was für eine Frage, empörte sie sich. Wir sprachen über Belangloses wie Hühnerfutter, Hitze und Unkrautjäten. Als ich dazu ansetzte, ihr von meiner Tochter zu erzählen und davon, wie gut ihr der große dunkle Hund gefalle, kehrte sich ihr Blick seltsam nach innen, so dass ich das Thema schnell wechselte und mich dann auch bald verabschiedete.

Fortan lenkte ich häufiger meine Spaziergänge in Elly Kuhns Richtung. Jedes Mal freute sie sich aufrichtig, mich zu sehen. „Schön, dass ich Sie kennengelernt habe", sagte sie mehr als einmal, „denn ich habe so gar niemanden mehr." Manchmal unterhielten wir uns am Gartenzaun, manchmal bat sie mich herein. Dann saßen wir auf der Bank neben dem Eingang. Sie erzählte mir von ihren Eltern, vom Großvater, den sie sehr gemocht hat und von den vielen verschiedenen Hunden, die sie im Laufe ihres langen Lebens begleiteten und an die sie sich alle noch erinnern konnte. Sie genoss es, eine Zuhörerin zu haben. Auch vom Krieg erzählte sie und davon, wie ihre Familie sich von Giersch-Salat, Brennnesselsuppe und selbst angebautem Gemüse ernähren musste. „Wir Dörfler hatten es besser als die Städter", sagte sie. Noch heute baue sie ein bisschen eigenes Gemüse an, fügte sie hinzu. Man wisse ja nie. Aber Giersch und Brennnesseln habe sie nie wieder gegessen. Ich hörte ihr gern zu. Sie hatte so viele Dinge erlebt, ihr Leben war ganz anders verlaufen als meins, welches ein halbes Jahrhundert später begonnen hatte. Sie erzählte sehr bildhaft und ich träumte nachts ihre Geschichten weiter.

Es gab aber auch Tage, an denen sie in sich gekehrt war und nur wenig sagte, und es gab die Gespräche, die mittendrin abbrachen, weil irgendeine Macht sie der Realität entzog, wie zum Beispiel, als es um den Tod ihrer Töchter ging.

Es hatte lange gedauert, bis sie mit mir über dieses Thema reden konnte. Ich hatte sie nur ein einziges Mal gefragt, ob sie Kinder habe, woraufhin sie seltsam zu murmeln und zu schimpfen begann, um anschließend in eine Art Starre zu verfallen. Ich traute mich nie wieder zu fragen.

„Irmgard wurde nur vier", erzählte sie mir eines Tages dann doch. „Sie war ein süßes aufgewecktes Mädchen. So neugierig. Musste alles untersuchen. Und voller Fantasie. Stundenlang konnte sie ganz allein im Garten spielen… Sie ist in die Grube gefallen. Ich merkte es zu spät… Ich konnte sie nicht retten. Niemand konnte sie mehr retten." Wir saßen auf der Bank, als sie es mir erzählte. Ich nahm ihre Hand und sie ließ es zu. „Die Margot starb mit neunzehn an Lungenentzündung", fuhr sie nach einer Weile fort. „Sie war schon immer kränklich gewesen…" Dann

11

sagte sie nichts mehr. Auch nicht, als ich sie ansprach. Sie war an einem Ort, wo ich sie nicht mehr erreichen konnte. Ich ging dann einfach. Es war ja nicht das erste Mal, dass ich sie in diesem Zustand erlebte, und ich wusste inzwischen, dass man sie dann lieber allein mit sich ließ.

Im Haus selbst bin ich nie gewesen. Bis zu ihrem Tode nicht. Es hat sich nicht ergeben.

Sie bot mir niemals etwas an, weder zu essen noch zu trinken. Nur einmal kochte sie Kaffee für uns. „Warten Sie einen Moment", sagte sie, wies auf die Bank und verschwand im Haus. Ich schaute dem Picken und Scharren ihrer Hühner zu und nutzte die Gelegenheit, ihren Hund zu streicheln. Schnell zog ich die Hand vom Tier zurück, als sie mit einem Tablett und zwei Tassen Kaffee herauskam. „Ich möchte, dass Sie Oma Elly zu mir sagen. Sie sind doch meine Freundin." Sie war ganz verlegen, als sie das sagte. Sie setzte sich neben mich auf die Bank, griff umständlich durch meine Armbeuge und sagte glücklich lächelnd: „Prost". Eine zweite Tasse gab es nicht.

Von da an waren wir Frau Helga und Oma Elly. Auf das „Frau" vor dem Namen bestand sie. Ich konnte es ihr bis zum Schluss nicht ausreden. Manchmal schien sie irritiert, dass ich sie duzte. Das war an solchen Tagen, an denen sie plötzlich aufstand, mit den Hühnern oder der Katze zu reden begann oder ins Haus ging und mich völlig vergaß. Meiner anfänglichen Vermutung, Elly Kuhn habe Alzheimer, widersprach, dass sie mich immer erkannte und auch sonst ihren Alltag gut allein meisterte. Sie fuhr mit dem Rad einkaufen, versorgte ihre Tiere regelmäßig, pflegte den Garten. Auch die Geschichten, die sie mir erzählte, wiederholten sich nicht, setzten aber oft dort an, wo sie bei einem meiner vorherigen Besuche aufgehört hatten.

Ob sie denn gar keine Freunde habe, fragte ich sie einmal. „Die wollen nichts von mir wissen. Die meisten hier im Dorf sind wirklich sehr seltsam", sagte sie, fügte aber sofort hinzu: „Ich habe ja dich, Frau Helga. Du bist meine Freundin." Dabei strahlten ihre Augen über den großen leeren Tränensäcken. Ich musste lächeln, weniger aus Freude über ihre Feststellung, mich als einzige Freundin zu haben, als viel mehr über ihre Aussage, dass die Menschen hier seltsam seien. Für mich war Oma Elly selbst die Seltsamkeit in Person.

94 Jahre lebte sie in diesem Haus. Hier war sie geboren worden und hier starb sie vor sieben Jahren. Ein paar Sechstklässler entdeckten sie inmitten ihrer gackernden Hühner. Sie rührte sich nicht, selbst als die Kinder den winselnden Hund streichelten. Der Körnertopf war über den Hof gerollt und völlig leergefressen.

Es hatte aufgehört zu schneien. Die Spuren an meiner Kleidung und auf den Haaren waren getaut und versickert, die Wege vom Wind vollständig trockengefegt. Noch immer stand ich vor dem Hexenhaus. Mit Oma Elly ist ein weiteres Stück Dorf verloren gegangen, dachte ich. Sie war nicht nur ein Dorforiginal. Sie war ein Teil dieses Dorfes, das sie niemals verlassen hat. Sie war etwas Besonderes. Man musste sich nur die Mühe machen sie kennenzulernen.

Die Kinder, die jetzt die Grundschule besuchen, wissen nicht mehr, dass in dieser verfallenen Hütte einst die „Hexe" gewohnt hat. Kaum einer erinnert sich mehr an Elly Kuhn, die über neunzig Jahre in unserem Ort gelebt hat, in dem Häuschen, welches vor vielen Jahrzehnten ihr Großvater kurz nach dem ersten Weltkrieg für seine Familie baute, die hier ihre Kindheit verbrachte, den zweiten Weltkrieg überlebte, zwei Kindern das Leben schenkte, um sie bald wieder zu verlieren, die heiratete, um kurz darauf Witwe zu sein. Sie war mit den Jahren immer stiller geworden und hatte doch nie ihren Lebensmut verloren. Und wenn ihr am Ende des Lebens der Verstand manchmal einen Streich spielte, dann wohl deshalb, weil sie einfach zu viele schlimme Dinge erlebt hatte, die im Alter als Erinnerungsbrocken zu ihr zurückkehrten, um ihr Inneres zu erschüttern.

Der Poet

Er nahm mich sofort gefangen, noch bevor er zu reden begann. Nach dem Einsteigen blieb er dicht neben der Tür stehen und ließ seinen Blick aufmerksam durch den S-Bahn-Wagen schweifen. Gleich kommt etwas, dachte ich und ließ mein Buch sinken.

Wie ein Obdachloser sah er nicht aus, ein wenig unordentlich zwar, ungekämmte, struppige Haare, Löcher in den nicht ganz sauberen Hosen, aber das ist ja heutzutage nichts Besonderes. Für einen auf der Straße Lebenden wirkte er zu wach und zu selbstbewusst. Ich schätzte ihn auf Ende zwanzig.

Er war mir auf Anhieb sympathisch, wohl vor allem, weil er mich stark an einen mir sehr nahe stehenden Menschen erinnerte. Der gleiche offene, interessierte, etwas flatterhafte Blick. Für einen kurzen Moment sah ich einen kleinen Jungen vor mir, einen Jungen voller Wissbegier, unruhig, sensibel, alles verstehen wollend und damit Lehrer und andere Erwachsene zur Verzweiflung treibend.

Mit klangvoller, kräftiger Stimme begann er ein Gedicht zu rezitieren. Ich höre gern in der S-Bahn Gedichte. Sie verkürzen auf angenehme Art und Weise die Fahrtzeit. Oft sind sie nicht besonders gut, dafür aber besonders emotional. Rezitierende, vor allem die eigener Werke – und hier handelte es sich zweifellos um etwas Eigenes –, bekommen immer Geld von mir. Weil sie sich Mühe geben und weil ich kreative Menschen mag.

Aufmerksam hörte ich zu. Und verstand nichts. Obwohl der junge Mann ausschließlich deutsche Vokabeln benutzte, ästhetisch aneinander gereihte Wörter, von denen mir jedes einzelne bekannt war, wollte sich mir der Sinn des Ganzen nicht erschließen.

Dann begann er über das Gedicht zu reden. Ich glaube, er versuchte den Fahrgästen klar zu machen, dass diese Zeilen eine ganz andere Bedeutung bekämen, wenn sie nicht hier zwischen den grünblau gepolsterten S-Bahn-Sitzen, sondern auf der Straße, mit einer tristen, grauen Häuserwand im Hintergrund, oder gar in einem Zimmer mit pinkfarben tapezierten Wänden gesprochen würden. Er redete und redete, ohne Punkt und Komma, in wohlklingenden, gut formulierten, schnellen Sätzen. Auch hierin erinnerte er mich an den bereits erwähnten, mir nahestehenden Menschen. Fasziniert schaute ich ihn an, noch immer zwar alle Worte, doch keinesfalls deren Sinn verstehend. Plötzlich musste ich lachen.

Er hatte mein Interesse bereits wahrgenommen. Ich schien das einzige Wesen in der Bahn zu sein, das nicht während seines gesamten Auftrittes krampfhaft auf seine Schuhspitzen oder Oberschenkel gestarrt hatte. Er löste sich von der S-Bahn-Tür, bewegte sich zielsicher in meine Richtung, setzte sich auf den freien Platz neben mir und begann mit seinem Vortrag noch einmal von vorn, diesmal ausschließlich für mich allein: das Gedicht, die Erklärung desselben, der Zusammenhang mit den grünblauen Sitzen, der grauen Straße und den pinkfarbenen Wänden. Und wieder verstand ich nichts, obwohl ich mir wirklich alle Mühe gab. Es war mir peinlich. Ich fühlte mich von sämtlichen Fahrgästen beobachtet. Wahrscheinlich wurde ich sogar rot.

Ob ich ihm ein Gedicht abkaufen wolle, oder auch gleich drei, fragte er unbeirrt und zog einen Packen zerknitterter Zettel aus der Jackentasche. Ich gab ihm zwei Euro für eines der mit kleiner Schrift beschriebenen Papiere.

Die anderen Fahrgäste, die unserer einseitigen Unterhaltung interessiert gelauscht hatten, starrten wie auf Kommando erneut auf Fußspitzen, Oberschenkel oder aus dem Fenster, als er auch ihnen seine Gedichte in schriftlicher Form anbot.

Damals wusste ich noch nicht, was ich heute weiß, wusste nicht, dass er vorhat, mit seinen Texten die Welt zu retten, dass er fest daran glaubt, durch die Gedichte eines Tages so viel Geld zu verdienen, dass er sich diese Rettung leisten kann.

Wir stiegen an der gleichen Station aus, liefen auf dem Bahnsteig in unterschiedliche Richtungen auseinander. Ich hätte ihm mehr geben sollen, dachte ich, unzufrieden mit mir.

Erst nach Stunden kam ich dazu, die Gedichte in Ruhe zu lesen. Ich las sie wieder und wieder. Endlich begann ich zu verstehen. Und je mehr ich verstand, desto trauriger wurde ich. Es waren die Worte eines besonderen, eines hochsensiblen Menschen. Ich erkannte die Zerrissenheit, den Weltschmerz, aber auch die tiefe Hoffnung. Und wieder kam mir der kleine Junge in den Sinn, der einst neugierig durchs Leben gewirbelt war, der auf dem Schulweg Plastikmüll aufsammelte und im Rucksack nach Hause trug, damit seine Umwelt sauberer wird, der kranke Käfer im Kinderzimmer gesund pflegte und der noch nach Wochen über die armen Kinder der dritten Welt, von denen im Unterricht gesprochen worden war, weinen musste, der mit seinen Fragen Eltern und Lehrer löcherte und der nur selten Verständnis erntete für diese untypischen, so gar nicht kindgerechten Interessen, stattdessen kopfschüttelnd als Störenfried bestraft wurde.

Je öfter ich die Gedichte lese, desto besser gefallen sie mir. Ich glaube sogar, sie sind richtig gut.

Sicher wird dieser Dichter die Welt nicht retten können, aber niemals würde ich ihm seine Hoffnung nehmen. Vielleicht kann er tatsächlich ein paar Tieren ein artgerechtes Leben ermöglichen, ein paar vom Aussterben bedrohte Pflanzen retten – oder dem einen oder anderen Menschen das Leben bereichern, so wie er auch das meine durch unsere kurze gemeinsame S-Bahn-Fahrt bereichert hat.

Der junge Freund

Sie waren jung, beide dreiundzwanzig. Er war genau genommen sogar jünger als sie. Sein Geburtstag lag fünf Monate später als ihrer. Er war höflich und hilfsbereit. Das gefiel ihr. Außerdem sah er ziemlich gut aus. Und sie war allein. Schon viel zu lange.

Er war ihr erster nicht älterer Freund. Sie habe einen Vaterkomplex, war schon gemunkelt worden, weil man sie immer nur mit wesentlich betagteren Männern sah. „Warum suchst du dir keinen Gleichaltrigen?", fragten manche. „Wie wär's denn mit…?", sagten sie und schlugen irgendwelche allein gebliebenen Jungs vor. Sie fühlte sich unter Druck gesetzt, zumal ihre kleine Schwester vor kurzem ihre Schwangerschaft bekannt gegeben hatte.

Doch nun hatte es endlich geklappt. Die Eltern waren froh. Die Kollegen ebenso. Der Freundeskreis beobachtete sie kritiklos und freute sich mit ihr.

Sie mochte ihn. Sonst hätte sie ihn nicht gebeten, die Regale an ihren Wänden anzubringen. Sie konnte es selbst, aber ein anderer Vorwand, ihn in ihre Wohnung zu locken, war ihr nicht eingefallen. Seit Wochen hatte sie die Blicke bemerkt, die er unablässig verstohlen auf sie warf, und schließlich die Initiative ergriffen. Er war so schüchtern.

Nachdem sie gemeinsam die Bücher auf die neuen Bretter verteilt hatten, nahm er gern den heißen Tee und später das Bier an. Als er am späten Abend ihr Sofa verließ, blieb sie ein wenig enttäuscht zurück. Er muss noch Erfahrungen sammeln, dachte sie entschuldigend.

Er sei so naiv, erzählte sie ihrer besten Freundin. Da kannten sie sich bereits eine ganze Weile. „Und ziemlich uninteressiert", fügte sie hinzu. Dumm, wollte sie nicht sagen. „Sind so Gleichaltrige?", fragte sie stattdessen.

Später sprach sie ihn daraufhin an. „Lass uns mehr miteinander unternehmen. Mir ist langweilig mit dir", sagte sie. Da weinte er und sie redete sich ein, dass es schön sei, solch einen sensiblen Freund zu haben. Obwohl sie ihn gern stärker gewollt hätte.

Seine Eltern waren begeistert von ihr. Wenn sie zu Besuch kamen, gab es Rouladen oder Gulasch mit Klößen. Jedes Mal ein Festtagsessen. Die Mutter verwöhnte sie, wie es ihre eigene nie getan hatte. Der Vater gefiel ihr gut. Er hatte Geist und Humor, so wie sie es liebte. Sie rief sich zur Vernunft.

Im Sommer fuhr sie mit dem Freund zu ihren Eltern, die ihn bisher nur von Fotos und aus Telefongesprächen kannten. Doch beide konnten mit ihm nichts anfangen. Dabei waren sie doch zuerst so begeistert gewesen. Nun fanden sie keine Gesprächsthemen. Der Vater lästerte über den Jungen, sobald dieser das Zimmer verließ. Das konnte er gut. Er hatte es bereits an zahlreichen anderen ihrer Freunde und denen ihrer Schwester geübt. Sie wollte das nicht hören. Von der Mutter kam der erlösende Vorschlag: MENSCH ÄRGERE DICH NICHT. Der Freund entpuppte sich als wunderbarer Spieler. Obwohl er oft verlor, blieb er stets gut gelaunt. Von nun an spielten sie jeden Abend. Manchmal auch schon nachmittags. Trotzdem war sie froh, als sie nach ein paar Tagen wieder abfahren konnten.

Zu Hause hatte sie eine Idee. Sie wollte ihn von der Arbeit abholen. Er arbeitete als Tischler. Und weil ein paar Podeste unbedingt fertig werden mussten, war er gebeten worden, am Sonnabend Überstunden zu leisten. Gegen Mittag stand sie mit dem Picknickkorb vor seiner Werkstatt und überraschte ihn mit Karten für ein Freiluftkonzert. Sie wusste, dass er solche Veranstaltungen mochte und war voller Vorfreude und auf sein Gesicht gespannt. Auch zwei Flaschen Bier hatte sie dabei.

„Ich bin so müde. Können wir das nicht verschieben?", erschlug er ihre freudige Erwartung. Vielleicht hätte sie anders reagieren sollen. Aber in dem Moment ging es nicht und später ließ es sich nicht mehr rückgängig machen. „Was bist du nur für ein entsetzlicher Langweiler!", schrie sie ihm ihre Enttäuschung ins Gesicht und etwas ruhiger, weil sie über sich selbst erschrocken war, fügte sie hinzu: „Es hat keinen Zweck mit uns. Ich kann einfach nichts mit dir anfangen." Dann wurde sie wieder lauter, weil sie so fürchterlich frustriert war: „Du bist träge wie ein alter Mann! Für nichts kannst du dich begeistern! So einen Freund will ich nicht!" Da weinte er wieder. Sehr heftig. Mitten auf der Straße. Diesmal gelang es ihr nicht, seine sensible Seite zu sehen.

Noch am selben Abend packte sie seine wenigen Sachen zusammen und schob ihn aus ihrer Wohnung. Nachdem er gegangen war, trank sie beide Flaschen Bier aus und aß den Picknickkorb leer. Die Karten für das Konzert ließ sie verfallen.

Er tat ihr leid. Er war ein lieber Kerl. Aber sie spürte auch große Erleichterung.

Das Sommerfest

Herr Sonntag öffnet das kleine Tor und betritt die Parkanlage hinter dem gelben Haus. Noch ist es ziemlich leer hier. Vereinzelte Besucher warten auf Bänken oder spazieren ein wenig auf und ab. Im hinteren Teil des Parks ist eine Bühne aufgebaut. Dort probieren Kinder noch einmal den Tanz, den sie nachher aufführen möchten. Die Bewohner des Hauses beenden ihre Mittagsruhe und treffen nach und nach ein, werden von ihren Angehörigen begrüßt oder laufen stumm die Wege entlang auf der Suche nach irgendeiner Beschäftigung.

Herr Sonntag trägt sein dunkelgrünes Jackett, den dazu passenden karierten Schlips und die dunkelgraue Hose. Er geht niemals ohne Schlips und Jackett aus dem Haus. Das gehört sich nicht. Auch nicht jetzt, da er pensioniert ist. Als er an der Veranda vorbeikommt, betrachtet er in der Glastür sein Spiegelbild. Er ist zufrieden. Alles sitzt. Die Haare sind ordentlich nach hinten gekämmt.

Herr Sonntag freut sich auf das Sommerfest, er konnte es kaum erwarten. Fast täglich hat er den jungen netten Pfleger mit den seltsamen Tätowierungen gefragt, wann das Fest denn nun endlich stattfände. Er will es auf keinen Fall verpassen. Er kann sich immer weniger merken. Die Tage geraten ihm manchmal durcheinander. Das ärgert ihn und strengt ihn an. Doch eines weiß er mit Gewissheit: Heute wird er Erna wiedersehen, Erna Diedrich aus dem gelben Haus. Hier hat er auch bis vor einigen Monaten gewohnt. Als er noch nicht so vergesslich war. Damals

22

haben sie, er und die Erna, bei schönem Wetter oft zusammen auf der Bank unter der Linde gesessen. Die Arme ist schon lange nicht mehr gut zu Fuß. Aber stets gutgelaunt. Wenn es draußen zu kalt wurde, haben sie sich gegenseitig auf dem Zimmer besucht. Herr Sonntag hat immer darauf geachtet, dass die Tür ein Spalt breit offen bleibt. Er wollte nicht, dass Erna in Verruf gerät.

„Du wirst tüdelig, Vater. Ich mache mir wirklich langsam Sorgen um dich", hatte sein Sohn eines Tages gesagt, nachdem Herr Sonntag nicht gleich die Schwiegertochter erkannt hatte. Dabei war das kein Wunder, so selten wie die zu Besuch kam. „Ich glaube, du bist nebenan besser aufgehoben. Die haben da ausgebildete Kräfte, die auf solche vergesslichen Fälle wie dich spezialisiert sind. Ich werde mich darum kümmern." Was er, der Vater davon halte, fragte der Sohn ihn nicht.

Wenige Wochen später war Herr Sonntag in das Nebenhaus umgezogen, weg von Erna. Jetzt sehen sie sich nur noch hin und wieder durch den Zaun. Und eben auf solchen Festen wie dem Sommerfest.

Heute feiern die Bewohner aus beiden Häusern gemeinsam. Das kleine Tor zwischen der Parkanlage des einen und dem Hof des anderen Heimes ist aufgeschlossen worden. Wo bleibt Erna nur? Mit aufrechtem Gang läuft Herr Sonntag die Wege ab, schaut nach rechts und nach links, sogar zwischen die Büsche. Man weiß ja nie. Es kommen immer mehr Menschen.

Endlich hat er sie entdeckt. Er versucht seine Verlegenheit zu verbergen, als sie direkt auf ihn zu-

23

kommt. Trotz seines fortgeschrittenen Alters ist er ein bisschen verliebt in sie.

„Ich freue mich aufrichtig, Sie zu sehen, liebe Erna", sagt er, umfasst mit seiner gepflegten rechten Hand behutsam ihre arthritischen Finger, neigt seinen Kopf und deutet einen Kuss an. Ganz Gentlemen. Erna trägt ein buntes Sommerkleid. Herr Sonntag mag ihre Vorliebe für fröhliche Kleidung und macht ihr ein Kompliment.

„Ach Sie aber auch", erwidert sie kokett und schaut ihn verschmitzt an. Sie mustert ihn still in der ihr unbewussten Hoffnung, ihn berühren zu können. Da ist aber wieder mal nichts, was man zurechtzupfen oder geraderücken könnte, denkt sie. Keinen einzigen Fussel entdeckt sie am Jackett des galanten Mannes.

„Möchten Sie eine Bratwurst?", fragt Herr Sonntag. Erna nickt. „Ich stelle mich an", schlägt er vor. Sie solle sich solange auf eine Bank setzen, dort in die Sonne.

„Das ist lieb von Ihnen", sagt sie und läuft zur Parkbank.

Die Feuerwehrkapelle beginnt zu blasen. Herr Sonntag mag Musik. Früher hat er viele Konzerte besucht. Leider sind seine Möglichkeiten jetzt stark eingeschränkt. Die Musiker spielen Operettenmelodien. Herr Sonntag kennt sie alle.

„Sie wünschen?" Herr Sonntag erschrickt. Fast hätte er die Bratwürste vergessen. „Für Sie eine und eine für die Freundin?", fragt die junge Frau hinter dem Grill. Woher weiß sie von Erna? Doch bevor er darüber nachdenken kann, beginnt die Kapelle mit dem Wolgalied. Herr Sonntag strahlt.

„Lied des Zarewitsch von Lehar", sagt er zu der füligen jungen Frau, die ihm die Würste auf je einem Pappteller und mit je einer Scheibe Toast reicht und sich umgehend der nächsten Person zuwendet. „Sie wünschen bitte?"

Vorsichtig, damit nichts vom Pappteller herunterrutscht, nähert sich Herr Sonntag den Musikern. Eine kurze Weile noch hört er ihnen stumm zu, dann kann er nicht mehr an sich halten. Mit einer für sein Alter ungewöhnlich klaren Tenorstimme beginnt er zu singen.

„Vorüber rauscht die Jugendzeit
in langer, banger Einsamkeit",

singt er und fühlt sich wieder jung. Keine einzige Silbe des Textes ist ihm verlorengegangen, soviel er auch sonst vergisst.

„Hast du dort oben vergessen auf mich?
Es sehnt doch mein Herz auch nach Liebe sich".

Erna Diedrich, die gerade ein bisschen eingenickt war, erwacht. Auch sie mag dieses Lied. Sie sieht Herrn Sonntag bei der Kapelle stehen und singen. Lächelnd hört sie ihm von ihrer Bank aus zu. Was für eine schöne Stimme er noch hat mit seinen 84 Jahren, denkt sie bewundernd. Aber ein bisschen ist es ihr auch peinlich. Der Dirigent dreht sich kurz zu dem Sänger um, dirigiert dann unbeirrt weiter. Er weiß, dass man hier mit allem rechnen muss. Heimbewohner und ihre Angehörigen kommen näher heran, lauschen gerührt oder auch irritiert. Eine sehr ernst, fast böse dreinblickende Frau meint kopfschüttelnd: „Muss der sich so hervortun?", aber niemand beachtet sie. Ein paar Männer und Frauen summen mit, respektvoll leise; sie wollen nicht stören, wollen aber auch nicht ganz aufs Mitmachen verzichten. Herr Sonntag merkt von all dem nichts. Selbstvergessen, in beiden Händen einen Pappteller mit Bratwurst und Toast, steht er vor der Feuerwehrkapelle, deren Musiker lächelnd, soweit es ihnen die blasenden Münder erlauben, weiterspielen, kaum mehr auf ihren Dirigenten achtend, fasziniert dem vornehmen weißhaarigen Mann mit der wunderbaren Stimme folgend.

„Du hast im Himmel viel Engel bei dir.
Schick doch einen davon auch zu mir".

Das Lied ist zu Ende.

Der Beifall erschreckt Herrn Sonntag. Ängstlich blickt er um sich. Wo ist er? Was macht er hier? Was wollen die vielen Menschen von ihm? Da fällt sein Blick auf die Würste in seinen Händen und er erinnert sich wieder.

Erna. Wo ist Erna? Sie wollte doch eine Wurst. Aufgeregt blickt er um sich. Er muss sie suchen. Die Mitglieder der Feuerwehrkapelle packen ihre Instrumente ein. Ein Seniorentanzverein betritt die Bühne. Herr Sonntag möchte diese Tänze nicht sehen. Sie machen ihn traurig. Wenn er wenigstens mittanzen könnte. Früher war er ein guter Tänzer. Ein leidenschaftlicher Tänzer. Aber das Heim bietet so etwas nicht an. Erna ist nirgends zu sehen. Herr Sonntag läuft los. Es sind so viele fremde Menschen hier. Er schaut nach rechts und nach links, bleibt stehen, dreht sich vorsichtig einmal um die eigene Achse.

Endlich entdeckt er sie auf einer Bank in der Sonne. Schön sieht sie aus in ihrem Kleid mit den fröhlichen Farben.

„Ich habe Sie gesucht", sagt er, erfreut darüber sie gefunden zu haben.

„Setzen Sie sich doch ein bisschen zu mir", erwidert sie nur.

Herr Sonntag lässt sich neben ihr nieder, legt die beiden Pappteller zwischen sich und Erna auf die Bank. „Die haben schön gespielt. Haben Sie es auch gehört?" Er schaut zu den Musikern, die mit ihren schwarzen Instrumentenkoffern nach und nach den Park verlassen. „Ich mag Musik, Operette ganz besonders."

Erna beißt in die inzwischen völlig erkaltete Wurst. „Ich weiß", sagt sie lächelnd und „Danke für die Wurst."

Unter Espen träumen

Was ging in dem Nachbarn vor, als er verlangte, dass
Susanne ihre Espen fällt? Was in ihrem Mann, der
dem zustimmte, obwohl er wusste, wie sehr sie gerade
an diesen beiden Bäumen hing, unter denen es sich so
wunderbar träumen ließ? Und was hatte sie selbst dazu veranlasst, den Ehemann allein zu dem wichtigen
Gerichtstermin zu schicken? Sie hätte ihre Arbeit verschieben können. Aus Bequemlichkeit hatte sie ihm
vertraut, obwohl sie seine Gleichgültigkeit gegenüber
Bäumen und seine Harmoniesucht in Bezug auf die
Nachbarschaft kannte.

Noch heute zieht es ihren Blick auf die leere
Stelle im Garten, durch die sie nun das Haus des
Nachbarn sehen kann, das doch jahrelang durch die
Bäume verdeckt gewesen war. Traurig geht sie näher
und betrachtet die Stümpfe, die übrig geblieben sind,
die einfach nicht verrotten wollen. Eine letzte Erinnerung an die stattlichen Espen, an das beruhigende
Rascheln des Laubs bei geringstem Windhauch, an die
kecken Eichelhäher, die sich im Gezweig stritten und
dabei fast abzustürzen drohten, an die Amseln und
Grünfinken, die auf den Ästen ihre Lieder trällerten
und die Eichhörnchen, dessen geringem Gewicht auch
die zartesten Zweiglein standhielten.

Schon vor den Blüten des Kirschbaumes zeig-
ten sich die Kätzchen der Espen dem jungen Frühling.
Anfangs unscheinbar grau, entwickelten sie sich bald
zu jenen raupenartigen Gebilden, die später große Teile des Gartens mit einem gelben Teppich bedeckten
und vielleicht mit dazu beitrugen, dass ständig neuer

Bäumchen-Nachwuchs durch die Grasdecke lugte. Oder kamen diese Sprösslinge aus den Wurzeln der prächtigen Bäume, gezeugt aus überschüssigen Kräften? Schnell, bevor sie sich in ihr Herz wuchsen, riss Susanne die Pflänzchen aus, denn trotz aller Baumes-Liebe wollte sie nicht eines Tages völlig von Wald umgeben sein.

Das Laub störe ihn, sagte der Nachbar. Doch als Susanne ihm anbot, jedes Frühjahr, oder gern auch schon im Herbst, seinen Garten zu harken, lehnte er lachend ab. „Das ist wirklich nicht notwendig, Frau Nachbarin." Er war immer freundlich und unglaublich charmant. Selbst wenn er sich bei ihr in regelmäßigen Abständen über die Espen beklagte, lächelte er sie gut gelaunt an. Genaugenommen war Susanne sogar ein bisschen verliebt in ihn. Nie hätte sie gedacht, dass er es mit den Bäumen so ernst meinte.

Heute fragt sich Susanne, ob es die Krankheit war, die das Wesen ihres Nachbarn derartig beeinträchtigte. War die Angst vor dem eigenen Ende so groß, dass er deshalb immer streitsüchtiger wurde. Sie hat mal gelesen, dass die Persönlichkeit schwerkranker Menschen ganz plötzlich von Bosheit und Gereiztheit befallen werden kann. Oder hatte er nur ganz einfach keine Kraft mehr, ihr weiterhin Freundlichkeit entgegen zu heucheln?

Jedenfalls gab der Richter dem Nachbarn Recht. Susanne und ihr Mann erhielten die Auflage, die Espen innerhalb weniger Tage zu fällen. Der Sitzplatz des Nachbarn läge völlig im Schatten. Dass es diesen Sitzplatz gar nicht gab, spielte keine Rolle. Von dem Laub war plötzlich keine Rede mehr. Es wäre auch kein ausreichender Grund für die Vernichtung der Bäume gewesen.

Nie wird Susanne das Kreischen der elektrischen Säge vergessen, die sich erbarmungslos in das gesunde Holz fraß. Als die ersten Äste fielen, flüchtete sie in den nahen Wald, so weit, bis sie nur noch Vogelgesang und Hundegebell hören konnte.

Wenige Wochen nach den Espen starb der Nachbar. Sein Krebs war weit fortgeschritten. Bei Susanne lösten Wut, Unverständnis und Enttäuschung einander ab. Der Nachbar *muss* von seinem nahen Ende gewusst haben.

Inzwischen gibt es eine neue Espe. Sie ist dem Wurzelwerk der alten Bäume entsprossen und mittlerweile fast doppelt so groß wie Susanne, die sie hegt und hütet. Von ihrem Liegestuhl aus sieht sie, wie sich das Sonnenlicht im Geäst bricht. Noch ist die Krone nicht sehr dicht und das Rascheln der Blätter gleicht eher einem Wispern. Die Eichelhäher können noch nicht auf den dünnen Ästen des Bäumchens sitzen. Nicht einmal das Eichhörnchen wagt sich darauf. Auch auf den gelben Raupenteppich wird Susanne noch eine Weile verzichten müssen. Aber es lässt sich schon wunderbar träumen unter der kleinen Espe. Manchmal muss Susanne dann auch an den Nachbarn denken, an seinen Charme, seine Freundlichkeit und seine plötzliche Bosheit, die sie so enttäuschte.

Glühwürmchen-Zeit

Ein lauer Sommerabend im Juni. Cornelia läuft durch den Goethe-Park. Sie summt leise vor sich hin. Immer gehen ihr irgendwelche Melodien durch den Kopf. Abendwärme streichelt angenehm ihre nackten Arme. Wie viel Kraft die Sonne noch hat, obwohl sie schon so tief steht, denkt sie und fühlt sich glücklich. Sicherheitshalber hat sie sich eine Jacke um die Hüfte gebunden. Wahrscheinlich wird sie die kaum brauchen, aber man weiß ja nie, vielleicht wird es ja doch ein langer Abend werden. Der Komponist möchte sich mit ihr treffen, um ihr das Lied zu übergeben, das er eigens für sie komponiert hat.

Am Römischen Haus verlässt Cornelia den Weg, geht um das Gebäude herum, bleibt wie immer fasziniert vor der großen steinernen Badewanne stehen. Wurde hier tatsächlich gebadet? Hat gar Goethe höchstpersönlich in dieser Wanne gesessen? War das Wasser kalt, oder gab es eine Möglichkeit, es zu erwärmen? Wie kam man überhaupt hinein in dieses große Ungetüm? Sie schaut hinunter auf das Gartenhaus des großen Dichters, überlegt einen Moment, ob sie den Park schräg durchqueren soll, entscheidet sich dann aber doch für den oberen Weg. Unten ist der Park schöner, aber auch einsamer. Abends ist ihr manchmal ein wenig ängstlich zumute. Oben fühlt sie sich sicherer. Hier begegnen ihr Studenten auf dem Rad oder zu Fuß. Viele kennt sie vom Sehen. Mit einigen wechselt sie im Vorübergehen ein paar Worte. Die meisten kommen von ihren Übungsstunden in der Hochschule, um nun den Tag im Studentenclub oder auf ihren Zimmern ausklingen zu lassen. Die Eiligen, die sie überholen, möchten wahrscheinlich in die Theatervorstellung, die in wenigen Minuten beginnt. Cornelia hat es nicht eilig. Immer wieder bleibt sie stehen, um dem abendlichen Gesang der Vögel zu lauschen oder einfach nur, um die vielen schönen Ecken des Parks auf sich wirken zu lassen.

Sie hat den Komponisten um eines seiner komplizierten, schrägen Lieder gebeten. Sie möchte der gestrengen Lehrerschaft beim nächsten Vortragsabend etwas Besonderes bieten, etwas richtig Schwieriges, etwas, das noch niemand vor ihr gesungen hat. Sie liebt die musikalische Herausforderung. Mit dem Darstellerischen hapert es bei ihr. Deshalb kann sich ihre Stimme oft nicht richtig entfalten. Wenn man diese gnadenlos dreinblickenden Gesichter in der letzten Reihe sitzen sieht, kann einem aber auch die Lust am Singen vergehen. „Stell dir die Dozenten einfach nackt vor, das vertreibt die Aufregung", riet ihr die Gesangslehrerin. Susanne hat es versucht, aber es hilft nicht. Sie glaubt, mit einem schweren modernen Werk ihre Mängel ausgleichen zu können. Dass der Komponist gleich ein neues Musikstück für sie erschaffen würde, damit hat sie allerdings nicht gerechnet.

Am Liszt-Denkmal angekommen, setzt sie sich auf eine der angenehm kühlen steinernen Bänke und schlägt das Buch auf, welches sie mitgebracht hat, um das Warten zu überbrücken. Leiser Sommerwind kitzelt ihre Stirn. Sie weiß, dass der Komponist in sie verliebt ist. Sicher wird er wieder versuchen, sie zu küssen. Vielleicht wird sie es heute zulassen. Sie mag ihn, ist sich aber mit der Liebe nicht so sicher. Er gibt sich wirklich große Mühe, ihr zu gefallen. Manchmal gelingt es nicht ganz. Vorgestern hat er für sie gekocht. Es gab Spaghetti mit Tomatensoße. Es hat wunderbar geschmeckt. Trotzdem hätte er lieber etwas anderes zubereiten sollen, denn so wie er die Nudeln aß, hat es sie doch ein wenig abgestoßen. Sie hingen lang von der Gabel herab, bevor er sie in seinen Mund schlürfte. Dabei blieb ein Teil der Soße an seinem Kinn hängen, um dort sehr lange Zeit auszuharren. Es war ihr peinlich, das zu sehen. Nein, er hätte lieber etwas anderes kochen sollen. Aber seine verrückte Musik mag sie. Sie animiert zum Träumen. Ganze Szenarien spulen sich vor ihrem inneren Auge ab, wenn er ihr seine Kompositionen auf dem Klavier vorspielt. Ob ihre Bilder den seinen ähneln?

Es dämmert bereits, als sie ihn von weitem kommen sieht. Sie klappt das Buch zu und steht auf, um ihm entgegen zu gehen. Seine Schritte werden schneller, ihre langsamer. Sie ist plötzlich sehr aufgeregt. Die Beine zittern ein wenig.

„Hallo", sagte sie. Die Umarmung fällt scheu aus. Auf beiden Seiten. „Hast du lange warten müssen?", fragt er und: „Wollen wir noch ein bisschen durch den Park spazieren?"

Mit ihm hat sie keine Angst. Kreuz und quer durchstreifen sie den immer dunkler werdenden Park. Der Komponist redet über ein Theaterstück, für das er die Musik schreiben soll und über den Roman, den er gerade liest. Cornelia versteht nicht viel von dem, was er sagt, genießt aber seine angenehme, sanfte Stimme und bewundert sein Wissen. Wo sie herkommt, wurde über solche intellektuellen Dinge nicht gesprochen. –

Das Wort „intellektuell" hat sie hier im Studium zum ersten Mal gehört. Sie hat nachgeschlagen, was es bedeutet, denn sie wollte ihr Unwissen nicht zugeben. – Am Petöfi-Denkmal liegt ein Blumenstrauß. Den Namen hat Cornelia vorher noch nie gehört. Ihre ganze Aufmerksamkeit gilt der Musik. Als Schmalspur-Idiotin wird sie manchmal bezeichnet. Das findet sie gemein und übertrieben. Bei Petöfi hat sie bisher jedenfalls immer an den kleinen Beethoven denken müssen: Beethoven, Beethöfchen, Petöfi.

Der Komponist möchte mit ihr über das Lied reden, welches er für sie geschrieben hat. Sie finden eine Bank dicht am Eingang der Parkhöhle, die Cornelia sonst schon im Hellen gruselig findet, die ihr jetzt jedoch keinerlei Furcht einflößt. Eine Weile sitzen sie schweigend da, genießen die Stille. Sie scheinen die einzigen im Park zu sein. Die Studenten haben ihre nächtlichen Ziele erreicht, die Vögel ihren Schlafplatz gefunden. Nur das Rascheln der Blätter an den Bäumen und das sanfte Plätschern der Ilm sind zu hören. „Frierst du nicht?", fragt der Komponist und Cornelia merkt, dass sie ihre Jacke noch immer um ihre Hüften gebunden trägt. Nein, ihr ist nicht kalt.

„Hier, das ist es", sagt er und überreicht ihr sein Lied, singt auch gleich ein paar Passagen daraus vor. Auswendig, denn inzwischen ist es so dunkel, dass die Noten auf dem Blatt nicht mehr zu erkennen sind. Es klingt wunderbar kompliziert. Ohne Klavierbegleitung kann sie sich die Musik allerdings nicht ganz so gut vorstellen. Aber sie hört genau hin, als er ihr erklärt, wie er sich die Ausführung der Läufe denkt und warum der Tempowechsel in der zweiten Strophe so wichtig ist. Sie versucht sich alles gut einzuprägen. um ihn nicht zu enttäuschen, wenn sie sich in zwei Tagen zum Üben treffen.

Als der Komponist seinen Arm um sie legt, sieht sie plötzlich viele kleine leuchtende Punkte durch den dunklen Park schwirren. „Was ist das?", fragt sie fasziniert. „Das sind Glühwürmchen", antwortet er lächelnd und rückt näher an sie heran. „Kennst du keine Glühwürmchen?" Cornelia hat tatsächlich noch nie zuvor diese kleinen nachtaktiven Leuchtkäfer gesehen. „O wie schön", sagt sie und der Komponist erklärt, dass jetzt Paarungszeit sei und die Weibchen mit ihrem Leuchten die Männchen anlocken. Überall im Gebüsch und sogar am Boden flackert es. „Sobald sie sich gefunden haben, machen sie ihre Lämpchen aus", erklärt er und rückt noch dichter an sie heran. Gleich wird er versuchen, mich zu küssen, denkt Cornelia. Sie steht auf, um die Glühwürmchen aus der Nähe zu betrachten. Nein, sie ist sich mit der Liebe überhaupt nicht sicher. Ihr gesamtes Interesse gilt dem Studium. Sie möchte eine gute Sängerin werden. Alles andere hat Zeit. „Mir wird doch langsam kühl", gesteht sie. Auch der Komponist hat sich erhoben. „Ich bringe dich ins Wohnheim", sagt er und kann die Enttäuschung nur schwer verbergen.

Vor dem Wohnheim bedankt sie sich für die Komposition und für den schönen Abend. Und plötzlich glaubt sie die Liebe in sich zu erkennen. Diesmal ist Cornelia diejenige, die den Kuss möchte. Überrascht lässt der Komponist sie gewähren.

Geliebter Krempel

Über Krempel wird oft verächtlich geredet: wertloser Kram, Tinnef, Ramsch, Krimskrams, Schrapel. Oder die liebevolle Form: Stehrumchen. Tand sagte man früher. Ein Wort, das verloren geht. Anders als die Angewohnheit der Menschen, Krempel anzusammeln.

Auch ich gehöre zu jener Art Menschen. In Kommoden, auf Regalen, in Schubladen versteckt, hinter Glas, an Zimmerwänden – überall stehen und liegen sie herum: Andenken, liebevoll von Kinderhänden gebastelte Geschenke, Mitbringsel von fernen und nahen Reisen. An Krempel hängen Erinnerungen. Krempel löst Emotionen aus. Da kann ein alter verwitterter Knopf manchmal durchaus mit einem echten Kunstwerk mithalten.

Und trotzdem: Es hatte sich *zu viel* angehäuft. Wenn ich nicht eines Tages die Übersicht über meinen Haushalt verlieren wollte, musste ich aufräumen. Also beschloss ich schweren Herzens, mich von einigen Dingen zu trennen.

Ich begann an einem Montag. Jeden Tag wollte ich eine halbe Stunde lang aufräumen – nicht länger, nicht kürzer – und am nächsten Tag genau dort weitermachen, wo ich aufgehört hatte, wieder eine halbe Stunde lang. Ich hatte von dieser Methode bei einer Erwachsenenbildungsveranstaltung gehört und wollte sie ausprobieren.

Unglaublich, was da alles zum Vorschein kam. Im Nu waren zwei Kartons gefüllt. FLOHMARKT schrieb ich auf die Deckel, denn wenigstens dort wollte ich meinen Krempel anbieten. Nur wenig warf ich wirklich weg. Die vielen Vasen, Kerzenhalter, Obstteller, Keramikfiguren – vielleicht wollte sie ja noch jemand haben? Was sollte mit der alten Tasse geschehen, aus der ich schon als Studentin trank, deren Muster aber kaum noch zu erkennen war? Wohin mit den bunten Kleiderbügeln, auf denen einst die Jacken meiner inzwischen erwachsenen Kinder hingen? Wer könnte die alte hässliche Lampe gebrauchen, die doch noch voll funktionstüchtig ist? Und was mache ich mit den Box-Handschuhen, die meinem Sohn schon lange nicht mehr passen?

Einmal war meine Tochter zu Besuch. An jenem Tag wurde besonders viel aussortiert. Sie ist auf diesem Gebiet begabter als ich. Aber ihr fehlen auch die Erinnerungen an die Gegenstände. Von dem kleinen Buddha mit den abgestoßenen Zehen konnte ich mich gut trennen. Auch von dem Schlüsselanhänger in Form des Eiffelturms, dessen silbergraue Farbe schon an vielen Stellen abblätterte. Beides stammte von längst vergangenen West-Reisen, war einmal als Mitbringsel gedacht und dann doch nicht verschenkt worden. Den hölzernen Schlüsselanhänger hingegen werde ich niemals wegwerfen. Mein Sohn hat ihn vor mehr als zwanzig Jahren für mich gebastelt.

„Das olle Ding kannst du aber wirklich entsorgen", grinste meine Tochter und hielt mir eine unförmige Keramikente vors Gesicht.

„Auf gar keinen Fall", rief ich erschrocken. „Die hast du mit sieben geformt."

„Und was ist das für ein komischer Knopf?", fragte sie. „Der ist total vermodert und unmodern. Den nähst du nie mehr irgendwo an."

„Oh, der ist etwas ganz Besonderes", sagte ich. „Gib ihn mir bitte. Der ist kostbar."

„Ach Muttchen…" Die Stimme meiner Tochter hatte diesen leicht verächtlichen Unterton angenommen, den ich manchmal mag und manchmal nicht ausstehen kann. Da erzählte ich ihr die Geschichte:

„Er ist eine Erinnerung an Uromi. Sie war der liebste Mensch der Welt. Sie lebte als junge Frau viele Jahre in Amerika. Von dort hat sie das große graue Sofa mitgebracht, auf dem Sabine und ich jeden Sommer schlafen durften. Immer nur wir beide, obwohl alle vier Kinder darauf Platz gefunden hätten…"

Zuerst wurde die obere Rundung der hohen Rückenlehne geöffnet. In ihr befanden sich zwei Eisenstangen, die die Stützbeine bildeten, nachdem die ganze Lehne nach unten gezogen worden war. Im Nu war ein breites Bett entstanden. Kopfkissen und Zudecke waren mit Ledergurten auf der Liegefläche angeschnallt, damit sie beim Auf- und Zuklappen nicht verrutschten. Hier schliefen wir nicht nur den Sommer über. Hier lauschten wir den vielen Geschichten aus Uromis interessantem Leben und dem ihrer Tiere und manchmal dem leicht rasselnden Atem der geliebten Frau. Hier träumten wir. Hier erwachten wir fröhlich in den nächsten Tag, denn das erste, was wir von unserem Kissen aus sahen, war Uromis freundliches Gesicht unter dem schneeweißen Haar.

Noch vor dem Frühstück wurden Kopfkissen und Zudecken wieder angeschnallt und die Sofalehne hochgeklappt. Später saßen wir dort, um stricken und häkeln zu lernen, oder um Uromi Lieder vorzusingen.

Überall waren stoffbezogene Knöpfe in die Polsterung eingearbeitet. Manchmal spielte ich damit, pulte herum, ohne es zu merken. Und völlig unwillentlich hatte ich eines Tages einen dieser Knöpfe in der Hand. Ich erschrak und beichtete es Uromi sofort. Ich wusste ja, dass sie niemals mit mir schimpfen würde und hatte keine Angst. Sie versprach, ihn wieder anzunähen.

Drei Sommer konnten wir noch mit Uromi genießen. Drei Sommer lang noch erzählte sie uns ihre schönen Geschichten, brachte uns Handarbeiten bei, spielte mit uns Karten und Würfelspiele. Der Knopf wurde nicht wieder angenäht. Vielleicht hatte sie es vergessen. Das kann schon mal passieren, wenn man über Neunzig ist.

Nach ihrem Tod wurde das Sofa verkauft. Ich war furchtbar traurig darüber.

Jahre später, kurz bevor ich für immer von zu Hause auszog, fand ich den Knopf in Mutters Knöpfe-Dose. Wie er dorthin gelangt ist? Ich weiß es nicht. Ich weiß nur, dass ich ihn ohne zu fragen einfach einsteckte. Ich fischte ihn unter all den bunten Knöpfen heraus und ließ ihn in meine Hosentasche gleiten. Nein, natürlich hatte ich kein schlechtes Gewissen deswegen. Mich hatte doch auch niemand wegen des Sofa-Verkaufes gefragt. – Seitdem bewahre ich diesen Knopf bei mir auf. Er steckte in Jacken- und Handtaschen, lag auf meinem Nachttisch, im Nähschrank oder im Bücherregal. Unzählige Male ist er mit mir umgezogen.

„Nein, den werfe ich nicht weg", betonte ich noch einmal.

„Das verstehe ich", sagte meine Tochter leise.

Hana

Ich ließ ihr den Vortritt in die S-Bahn. Sie wirkte abwesend. Zuvor auf dem Bahnsteig hatte ich sie nicht wahrgenommen. Doch jetzt, so direkt vor mir, fiel sie mir vor allem durch diesen seltsam aufrechten, steifen Gang auf. Puppengleich, dachte ich, wie die Olympia aus *Hoffmanns Erzählungen*. Meine Augen blieben an ihr hängen, folgten ihr zum Sitzplatz. Mit leerem Blick schritt sie, vorsichtig auftretend, als bestünde jederzeit die Gefahr, über etwas zu stolpern, auf den freien Platz zu. Trotz der sommerlichen Temperaturen trug sie einen langen Mantel und schneeweiße Handschuhe. Sie ließ sich auf dem Rand des S-Bahn-Sitzes nieder, nahm eine kleine Karte aus der Manteltasche und begann diese unverzüglich in ihren stoffbedeckten Händen zu drehen, wobei sich ihre Augen starr geradeaus durch den Brustkorb ihres Gegenübers bohrten. In gleichbleibendem Tempo drehte sie die Karte, vielleicht eine Geldkarte oder eine Chipkarte der Krankenkasse. Sie wirkte auf mich, als hätte sie Drogen genommen. Völlig kaputt, die Frau, dachte ich. Als ihre Sitznachbarin an der nächsten Station aussteigen wollte, machte sie keine Anstalten, ihre Beine zur Seite zu nehmen, um den Weg frei zu geben, zuckte aber stark zusammen, als diese wegen der Enge versehentlich ihr Knie berührte. Nach zwei weiteren Stationen stand auch sie auf und verließ die Bahn. Und plötzlich erkannte ich sie.

Hana war sechzehn, als ich sie bei einer Hausmusik kennenlernte, zu der mich Dorit eingeladen hatte.

„Du musst dir unbedingt einmal dieses bosnische Mädchen anhören", sagte sie. „Allein ihretwegen lohnt es sich zu kommen."

Dorit hatte den Hausmusiknachmittag damals im Grunde nur wegen Hana organisiert, was die aber nicht wissen durfte, denn dann wäre sie mit Sicherheit nicht gekommen. Hana stand nicht gern im Mittelpunkt. Sie wollte niemandem zur Last fallen, war sehr schüchtern und sprach kaum. Dorit hatte ihr das Cello besorgt. „Die Arme hat doch alles verloren", erklärte sie mir.

Was ich an jenem Nachmittag zu hören bekam, war überwältigend. Niemals werde ich vergessen, welch wunderbar gefühlvolle Töne dieses Mädchen dem Instrument zu entlocken verstand. Nie werde ich das Leuchten dieser traurigen Augen vergessen.

Tierärztin wolle sie einmal werden, erklärte sie mir später in ihrem unbeholfenen Deutsch. „Nein, nicht Musikerin." Sie wolle lieber kranken Tieren helfen. Cello spielen könne sie ja trotzdem. Dann erzählte sie mir von ihrem Hund, den sie zurücklassen musste. Wahrscheinlich sei er längst tot. Tot wie Vater. Hana vermisste ihr Dorf, die Familie, besonders die Großmutter und ihre Freundin Branka, aber auch die beiden Ziegen. Ihr Zuhause gebe es nicht mehr, ihr ganzes Land gebe es nicht mehr, sagte sie. Aus Nachbarn seien Feinde geworden. Dann wurde sie unruhig. Mein Interesse schien ihr peinlich zu sein.

„Frag sie nicht zu viel", raunte Dorit mir zu.

Das Mädchen tat mir leid.

Wenige Tage später lud ich sie und ihre Mutter zu uns ein.

Hana hatte auf meinen Wunsch hin das Cello mitgebracht und spielte uns darauf vor.

Ich wiederholte die Einladung. Die Mutter war mir dankbar, meinte, dass ich ihrer Tochter guttäte.

Die Besuche der beiden wurden zur Gewohnheit. Eifrig lernte das Mädchen die neue Sprache. Das war nicht leicht für sie, denn sie hatte kaum jemanden, mit dem sie reden konnte. Sie fand einfach keine Freunde. Sie war ein seltsames Mädchen, distanziert und schreckhaft. Und unglaublich hübsch. Die Jungs guckten ihr reihenweise hinterher, aber keiner durfte ihr zu nah kommen. Dann konnte sie zur Furie werden. Auch meinem Mann gegenüber blieb sie zurückhaltend, immer höflich, aber distanziert. Ich erfuhr nie, was das Mädchen erlebt hatte, wagte nicht danach zu fragen, doch so wie sich Hana Männern gegenüber verhielt, konnte ich mir einiges zusammenreimen.

Manchmal begann sie beim Cello-Spiel plötzlich zu schreien. Dann war es nicht leicht, sie zu beruhigen. Der Mutter war es unangenehm. Ich versuchte, diese Anfälle herunterzuspielen, meinte, es würde sicher irgendwann aufhören. Zeit heile Wunden. Ich wollte nicht, dass es ihnen peinlich ist. Die Mutter bemühte sich, mir zu glauben.

Jahre vergingen, ehe Hana endlich Gewissheit hatte, in dem neuen Land bleiben zu dürfen, nie mehr in die zerstörte Heimat, die doch keine Heimat mehr war, zurückkehren zu müssen. Endlich bekam sie auch den ersehnten Studienplatz, aber sie war so müde geworden. Sie wolle noch ein bisschen warten, meinte sie. Jetzt, wo sie alle Möglichkeiten habe, spielten ein paar Monate doch keine Rolle. Sie verschob den Beginn des Studiums immer wieder.

Mit den Jahren ließen die Besuche bei uns nach. Hanas Schreianfälle nahmen an Häufigkeit zu und wurden heftiger. Das Cello brachte sie immer seltener mit. Die Mutter resignierte. Sie wirkte müde und begann ihre Kontakte zu vernachlässigen.

Das verschüchterte Mädchen wuchs zu einer jungen, schönen Frau heran, die sich immer mehr in sich zurückzog. Wenn ich an der Wohnung der beiden Frauen vorbeikam, was relativ selten geschah, da ich am anderen Ende des Ortes wohnte, hörte ich Hanas Schreie bis auf die Straße. Das Mädchen warf mit Gegenständen und schlug wild um sich. Davon erzählte Dorit mir. Sie wohnte ja nur ein paar Häuser weiter. Sie berichtete auch, dass die Mutter manchmal regelrecht ausraste, voller Verzweiflung ihre Tochter beschimpfe, diese aber auch dann nicht mit dem Toben aufhöre. Aus Angst riefen die Mieter die Polizei. Die Polizisten nahmen Hana mit, doch nach kurzer Zeit war sie wieder da. Man konnte nichts machen.

Wir luden sie irgendwann nicht mehr ein. Ich muss gestehen, dass ich die beiden Frauen vergaß.

Die Begegnung in der S-Bahn ließ mich nicht mehr los. Längst vergessen geglaubte Bilder tauchten auf und plagten mein Gewissen. Erinnerungen an Hana und ihr Cello, an die so hoffnungsvolle und später so verzweifelte Mutter stürzten auf mich ein. Nachts träumte ich von den beiden Frauen. Hätte ich dem Mädchen und ihrer Mutter mehr helfen können? Mehr helfen müssen? Ich hatte mich in ihr Leben gedrängt, um sie dann im Stich zu lassen. Seit unserer letzten Begegnung waren fast zwanzig Jahre vergangen. Würde sich Hana noch an mich erinnern? Hatte sie mich in der S-Bahn erkannt? Erkannte sie überhaupt noch jemanden? Was war mit ihr passiert? Lebte die Mutter noch? Wir wohnten im gleichen Ort und hatten uns doch total aus den Augen verloren.

Ich beschloss, Hana und ihre Mutter zu besuchen. Ich glaubte, einzig auf diese Art die Bilder und das damit einhergehende schlechte Gewissen loswerden zu können. Mein Mann riet mir ab. „Was soll das? Die haben dich längst vergessen. Das wird doch nur peinlich", meinte er. Mitkommen wollte er erst recht nicht. Ich ließ fast einen Monat vergehen, bis ich mich endlich auf den Weg machte.

Ich klingelte mehrmals. Ich trat von einem Bein aufs andere und war furchtbar aufgeregt. Ein Teil von mir hoffte, niemanden anzutreffen. Schließlich öffnete sich die Wohnungstür gegenüber.

„Wenn Sie zu der wollen, die wurde in die Psychiatrie eingeliefert. In die Geschlossene. Letzte Woche. Wurde aber auch höchste Zeit. Es musste ja erst etwas Schlimmes passieren", berichtete die Nachbarin in einer Mischung aus Zorn, Erleichterung und Wichtigkeit. „Der arme Mann war nur gekommen, um den Zählerstand abzulesen. Diese Verrückte hat ihn mit dem Küchenmesser attackiert und schwer verletzt. Wie eine Furie ist sie auf ihn losgegangen. Der konnte gar nicht so schnell reagieren, wie die auf ihm war. Die Mutter war nur mal kurz in den Supermarkt rübergegangen. Einer musste ja einkaufen. Das Mädel ging doch kaum mehr aus dem Haus. Und wenn, dann höchstens zur Apotheke für ihre Pillen und die vielen Desinfektionsmittel oder zu ihrem Psychoarzt. Genützt hat es nichts. Zum Glück hat er alles gut überstanden, der Mann. Er soll inzwischen aus dem Krankenhaus entlassen sein", sprudelten die Worte aus dem Mund der Frau heraus. „Sie hätte sie nicht allein lassen dürfen, wenn Sie mich fragen. Die Mutter, meine ich." Sie seufzte. „Die ist jetzt in irgendeinem Pflegeheim in Berlin. Da hat sie endlich ihre Ruhe. Sie war schon in Ordnung, die Alte. Aber dieses verrückte Mädchen..." Die Nachbarin holte tief Luft, atmete geräuschvoll aus. Endlich war sie still.

Ihre vielen Worte hatten mich so erschüttert, dass ich nun meinerseits keine finden konnte. Ich sollte mich für die Auskunft bedanken und schnell verabschieden, ging mir durch den Kopf.

Da fügte sie doch noch etwas hinzu, und plötzlich war ihre Stimme ganz sanft. „Sie wollte Tierärztin werden. Wussten Sie das? Sie hat ja kaum mehr geredet, aber wenn sie mal etwas sagte, dann ging es immer um diese Tierarzt-Träume. Die war doch schon weit über Dreißig. Bedauernswert. Meinen Sie nicht auch? – Mehr kann ich Ihnen leider nicht sagen." Kopfschüttelnd zog die Frau die Tür hinter sich zu und ließ mich im Treppenhaus zurück.

Dorothea

Sie hat ihren Mittagsschlaf beendet, das tägliche zweite Glas Sekt geleert – das erste hatte sie sich, wie immer, bereits am Vormittag genehmigt – und beginnt ihren Spaziergang. Leise summt sie vor sich hin.

Seit vier Jahren ist Gotthard tot und noch immer überkommt sie deswegen von Zeit zu Zeit diese Traurigkeit. Aber gleichzeitig fühlt sie dann auch die Freiheit, die seine Abwesenheit brachte. Er war ein strenger Mann, ein Despot, vor dem sie sich – ja, sie muss es zugeben – oft gefürchtet hat.

Eine unbekannte Frau kommt ihr entgegen. Sie sieht unglücklich aus und Dorothea sagt es ihr: „Sie sehen bedrückt aus. Möchten Sie umarmt werden?" Früher hat sie so etwas nicht gefragt, hat einfach gehandelt, aber sie ist zu oft auf Menschen getroffen, die sie erschrocken von sich schoben, sie gar beschimpften. Die Frau nickt ungläubig. Da nimmt Dorothea sie fest und anhaltend in den Arm.

„Vielen Dank." Mit einem Lächeln setzt die fremde Frau ihren Weg fort.

Später komme *ich* Dorothea entgegen. Sie begrüßt mich, ändert die Richtung ihres Spaziergangs und begleitet mich ein Stückchen meines Weges. Sie erzählt von der fremden Frau und der Umarmung.

„Manche Menschen bekommen einfach zu wenig Liebe", erklärt sie mir.

„Ja", sage ich und weiß, dass Dorothea weder verwirrt noch krank ist, höchstens ein wenig wunderlich, aber auf alle Fälle eine Frau, die viel Liebe in sich trägt und diese an andere weitergeben möchte.

Nur ein Freund

Ihre Stimme war hoch. Zu hoch. Sogar für eine Frau. Sie sprach wie ein kleines Mädchen, aber das war sie nicht. Sie ging auf die Sechzig zu und versteckte ihr ergrautes Haar schon lange unter einer Farbschicht, aus der sich nur selten winzige graue Streifen verschmitzt hervorwagten.

Ihre Gedichte sprachen ihn an. Die Texte ergriffen ihn regelrecht. Warum hatte er von dieser Autorin bisher noch nie etwas gehört? War er doch ein leidenschaftlicher Besucher von Lesungen, besonders wenn es um Lyrik ging. Selten fand er sich in den Texten so wieder wie heute Abend. Und obwohl das Wort Seelenverwandtschaft für ihn abgenutzt wirkte, musste er es jetzt denken.

Eigentlich mochte er hohe Stimmen gar nicht, aber ihre war ihm doch angenehm, denn er entdeckte in ihr eine Sanftheit, die ihn rührte. Ihr leicht sächsischer Akzent, der nur beim *A* und bei den Umlauten *Ai* und *Au*, und auch da nur für ein geübtes Ohr, hörbar wurde, brachte ihn zum Lächeln.

Er glaubte ihre Einsamkeit zu spüren. In ihren Texten, ihrem Blick, ihrer ganzen Gestik. Da auch er einsam war, beschloss er, sie nach der Lesung anzusprechen. Am Ende der Schlange derer stehend, die eines ihrer Bücher erwerben und signieren lassen wollten, legte er sich ein paar Fragen zurecht.

Ihre klugen Antworten gefielen ihm, obwohl seine Fragen ja vor allem als Vorwand zur Kontaktaufnahme dienten und nicht ausschließlich aus echtem Interesse geboren waren. Vielleicht könnten sie den

Abend gemeinsam ausklingen lassen, ganz unverbindlich, bei einem schönen Gespräch und einem Glas Wein, kam ihm mutig in den Sinn. Vielleicht gelang ihm auf diese Weise, das schwarze Loch, das unweigerlich nach ergreifenden Erlebnissen auf ihn lauerte, auszutricksen. Schon spürte er, wie erste Anzeichen der Melancholie die eben noch verspürte große Euphorie zu verdrängen suchten.

„Ich schreibe auch – ein bisschen", wagte er sich vor, und ob es für sie in Ordnung sei, wenn er ihr etwas von seinen Texten zeige. Zufällig habe er ein paar seiner Gedichte dabei. Und eine kürzere Geschichte. Vielleicht könne sie ihm Tipps geben? Ihre Sprache gefalle ihm sehr gut. Vielleicht hätte sie ja sogar Lust auf ein Glas Wein? Er stockte. War er zu weit gegangen? War er mit seinem Anliegen zu plump vorgeprescht? Hatte er gar irgendwelche Hoffnungen geschürt? Er kannte sich nicht unbedingt gut aus mit Frauen, hörte immer wieder von sexuellen Übergriffen, die in seinen Augen eigentlich gar keine waren.

Sie lächelte. „Heute bin ich müde. Aber wenn Sie möchten, können wir uns gern für morgen verabreden. Ich bin noch die ganze Woche hier", sagte sie.

Er nickte. „Kennen Sie das Café am Marktplatz?", fragte er und schlug eine Zeit vor. Sie war einverstanden.

Sie verabschiedeten sich mit einem förmlichen Händedruck. Eine schöne Begegnung, dachte er, freute sich auf den nächsten Tag und hoffte, keinen Fehler begangen zu haben.

Müde und beglückt fuhr sie zurück ins Hotel. Die Lesung war ein voller Erfolg gewesen. Sie hatte zwölf ihrer Gedichtbände verkauft, und das in einem Ort, wo niemand sie persönlich kannte. Einer der Besucher hatte sich sogar als frischgebackener Fan entpuppt.

Der Mann hatte ihr gefallen. Zufrieden, ja fast glücklich dachte sie an das zwar kurze, aber überraschend erfüllende Gespräch mit ihm. So etwas passierte ihr nicht oft. Hätte sie das Angebot zu einem Glas Wein doch annehmen sollen? Er schien intelligent zu sein, sah gut aus, vielleicht ein bisschen zu jung für sie.

Sie schüttelte sich. Gedanken dieser Art gehörten schnell vertrieben. Dieses Kapitel war abgeschlossen. Für immer. Zu oft war sie hereingefallen. Nein, nicht noch einmal. Letztendlich lief es doch immer auf das Gleiche hinaus. Sie wollte sich nicht mehr wehtun lassen. Sie wollte keinen Sex mehr geben müssen, nur um ein bisschen Nähe zu ergattern. Genommen, ohne gesehen zu werden – nie wieder. Zu oft hatte sie gehofft, endlich jemanden gefunden zu haben, dem sie wichtiger als das Unvermeidliche war, einen Seelenverwandten, mit dem sie über das reden konnte, was sie wirklich bewegte, mit dem sie sich austauschen konnte. Eine Freundin wäre eine Option. Aber auch die zu finden, war ihr nicht gelungen.

Woher kamen diese Gedanken plötzlich? War sie so einsam? Sicher wollte dieser gut aussehende Schwärmer tatsächlich nur den intellektuellen Austausch. Er hatte kein bisschen anzüglich gewirkt. Und überhaupt: Was kann mir schon passieren, dachte sie schnell, bevor die Traurigkeit sie übermannen konnte, in wenigen Tagen werde ich diesen Ort ohnehin wieder verlassen.

49

Sie hatte sich in ihrem Alleinsein eingerichtet. Auch in ihrer Einsamkeit. Das Schreiben half ihr. Sie schuf sich ihre Begegnungen. Neben ihren Gedichten hatte sie ein paar Kurzgeschichten verfasst. Bisher wusste niemand davon. Noch genügten sie ihren eigenen Ansprüchen nicht. Vielleicht würden sie immer ihr Geheimnis bleiben. In ihren Träumen verselbständigten sich die erdachten Figuren. Dann wachte sie irritiert oder glücklich auf. Je nachdem.

Er schreibe ebenfalls, hatte er gesagt. Sie war gespannt auf seine Texte. Würden sie zum Bild passen, das sie sich in der Kürze des Gespräches von ihm gemacht hat? Er wirkte verletzlich. Ein Sensibelchen. Sie lächelte. Seine roten Strümpfe waren ihr aufgefallen. Bei dieser Erinnerung musste sie lachen. Wusste er nicht, was es mit roten Socken auf sich hat? Seine Fragen zeugten von Intelligenz. Und von Neugier, was ihr besonders gefiel. Befriedigt hielt sie für sich fest, dass sie das Gespräch mit ihm bereichert hat.

In der Nacht träumte sie von ihm. Gemeinsam liefen sie am Strand entlang. Sex kam in dem Traum nicht vor. Auch keine Angst davor.

Wie verabredet trafen sie sich am nächsten Nachmittag im Café am Marktplatz. Er war ein paar Minuten zu früh gekommen und wartete bereits vor der Tür auf sie. Hatte er befürchtet, von ihr versetzt zu werden? Er hat keine Blumen dabei, registrierte sie erfreut.

Am Tisch zeigte er ihr seine poetischen Ergüsse, wie er sie scherzhaft nannte. Noch bevor die Bedienung die Bestellung aufnehmen konnte. Wollte er damit die Verlegenheit überbrücken?

Wie sie vermutet hatte, waren die Gedichte anrührend, sprachlich gut, nur ein wenig holprig im Rhythmus. Sie sagte es ihm geradeheraus und er nahm ihre Kritik an, ohne zu protestieren.

Es war schön, sich mit ihm zu unterhalten. Keinen einzigen Moment gingen die Themen aus, um peinlichen Pausen Platz zu machen. Beide genossen den Nachmittag. Der vom Kellner empfohlene Weißwein, auf den sie vom Kaffee übergewechselt waren, schmeckte gut und gab ihr die nötige Lockerheit, die ihr sonst im Umgang mit Männern fehlte.

Es wurde schon dämmrig, als er seine Hand auf ihre legte, um sie zu fragen, ob sie noch ein weiteres Glas Wein mit ihm trinken wolle. Sie zuckte zusammen, zog den Arm zurück, drückte ihn fest an ihren Körper. Es war so schön gewesen. Wollte er sie nun doch noch anmachen. Fast hätte sie losgeheult.

„Oh, Entschuldigung", sagte er erschrocken. War er ihr zu nahe gekommen? Hatte er sich ungewollt eines sexuellen Übergriffes schuldig gemacht? Es war doch nur passiert, weil sie ihm so vertraut vorkam. Er hatte sich nichts dabei gedacht. „Sie brauchen keine Angst vor mir zu haben. Ich will Ihnen nichts antun", sagte er und fügte leise hinzu: „Ich stehe doch überhaupt nicht auf Frauen."

Irritiert schaute sie ihn an. „Was soll das heißen, Sie stehen nicht auf Frauen?" Sie verstand nicht.

„Ich bin schwul." War sie jetzt enttäuscht?

„Du? Homosexuell?" Das *Du* war mit der Überraschung herausgerutscht.

„Ich dachte, du hättest es längst bemerkt", fuhr er fort, nun ebenfalls das *Du* gebrauchend.

Da begann sie zu lachen, erst vorsichtig, dann schwoll ihr Lachen an, bis Tränen kamen. Es war nicht zu erkennen, ob ein Weinen daraus geworden war. Ich habe einen hysterischen Anfall, wie peinlich, und das in einem öffentlichen Restaurant, dachte sie und konnte trotzdem nicht damit aufhören.

Er rückte näher an sie heran und drückte sie an sich, bis sie sich beruhigt hatte.

„Danke", sagte sie. „Nein, das habe ich nicht gewusst. – Wie schön!"

„Möchtest du noch ein Glas Wein?", wiederholte er seine Frage.

„Ja, gern", sagte sie. „Ich weiß noch nicht einmal, wie du heißt…"

Da endlich verriet er ihr seinen Namen.

Seit meiner Jugend wünsche ich mir einen schwulen Freund, dachte sie. Dann sagte sie es ihm. Später würde sie mehr über sich und diesen Wunsch erzählen. Sie war sich plötzlich ganz sicher, dass sie sich wiedersehen würden. Noch sehr oft.

Sie verabschiedeten sich mit einer langen, festen Umarmung. Was für eine schöne Begegnung, dachten beide, freuten sich über ihre heute begonnene Freundschaft und hofften auf viele weitere gemeinsame Stunden.

Babsis kurzes Leben

Nur wenige Minuten hielt Hannelore ihr Neugeborenes im Arm, bevor sie es den Ärzten der Säuglingsstation überließ. Die Tochter war mit einem schweren Herzfehler auf die Welt gekommen und musste ihre ersten Lebenstage im Brutkasten verbringen. Es seien operative Eingriffe nötig, wurde der Mutter mitgeteilt.

Hannelore besuchte die Kleine so oft es ihr erlaubt war. Eifrig, manchmal verzweifelt, aber immer voller Hoffnung pumpte sie die Muttermilch aus ihren schmerzenden Brüsten, da sie wusste, wie wichtig diese Nahrung für das Baby war.

Endlich, nach wochenlangem Bangen, durften die Eltern ihre zarte Tochter mitnehmen. „Wir rechnen mit einer Lebenserwartung von vierzehn Jahren. Genießen Sie die gemeinsame Zeit mit diesem wunderbaren Wesen", gab ihnen der zuständige Kinderarzt mit auf den Weg. Trotz ihrer Sorgen doch glücklich, hielt Hannelore die winzige Tochter im Arm, während ihr Mann aufgeregt hinter dem Steuer des geliehenen Autos saß, um seine kleine Familie nach Hause zu bringen.

Sie gaben ihrer Tochter den Namen Sophia-Barbara. Doch zeitlebens wurde sie Babsi genannt. Zuerst von den Eltern und Familienangehörigen, später auch von ihren Freundinnen und Bekannten. Der lange Name war einfach zu gewaltig für das zarte, blasse Mädchen mit der stets bläulichen Nasenspitze.

Eine Schule durfte Babsi nicht besuchen, denn die Kraft ihres kranken Herzens reichte nicht aus, um stundenlang in Schulbänken zu sitzen und zu lernen und schon gar nicht, um von lärmenden und tobenden Kindern umgeben zu sein. Doch da sie ungewöhnlich klug und aufgeweckt war, fanden sich gute Lehrer, die sie zu Hause unterrichteten.

Obwohl Babsi weder herumtollen noch Fahrrad fahren, im See schwimmen oder auf Bäume klettern durfte – alles selbstverständliche Dinge für Kinder ihres Alters – führte sie ein zufriedenes, ja durchaus glückliches Leben, denn Vater und Mutter hörten niemals auf, der Tochter ihre große Liebe zu zeigen.

Skeptisch sahen die Eltern Babsis vierzehntem Geburtstag entgegen. Sie hatten nicht vergessen, was ihnen der Arzt vor Jahren gesagt hatte. Doch ihrer wunderbaren Tochter ging es gut.

Zweiundzwanzigjährig, da hatte sie ihre Lebenserwartung bereits um etliches überschritten, lernte Babsi Tom kennen, besser gesagt: Tom lernte *sie* kennen. Er sprach sie auf einer Parkbank an, wo sie lesend ihre Nachmittage verbrachte. Er hatte das hübsche Mädchen schon seit Tagen beobachtet.

Sie machte kein Geheimnis aus ihrer Herzschwäche. Sie wollte von Beginn an Ehrlichkeit. „Das kriegen wir schon hin", sagte er in jugendlichem Leichtsinn. Die Kleine tat ihm leid. Dass sie niemals würde arbeiten können, mache ihm nichts aus. Er habe einen guten Job mit guten finanziellen Aussichten, erklärte er lächelnd und streichelte liebevoll ihr Gesicht. Und Kinder? Kommt Zeit, kommt Rat.

Doch je älter sie wurden und je weiter Tom auf seiner Karriereleiter emporkletterte, desto mehr empfand er diese kranke schwache Freundin, die nicht einmal Nachwuchs gebären durfte, als Last. Was er anfangs noch zu bekämpfen versuchte, ließ er sie nun immer heftiger spüren. Mitleid war keine Basis für ein weiteres Zusammenleben. Das Thema Hochzeit, das seit Jahren in der Luft schwebte und Babsi so wichtig erschien, wurde gestrichen. „Eine kranke Ehefrau passt nicht in mein Leben. Bitte versteh mich! Es tut mir leid", sagte er zu ihr. Sie trennten sich. Viel zu spät. Zutiefst verletzt floh Babsi ins Elternhaus, das ihr immer offenstand.

Auf einer Internetplattform, auf die sie mehr durch Zufall gestoßen war, traf sie Hartmut. Es war kein erstgemeinter Versuch ihrerseits. Sie hatte genug von Männern. Ihr war mehr als deutlich klargemacht worden, wie schwer es sei, jemanden wie sie als Partnerin fürs Leben zu akzeptieren – kränklich, unfruchtbar, kaum belastbar und ständig zu Kopfschmerzen neigend. Das mit Hartmut war nicht mehr als eine Spielerei. Anfangs zumindest.

Monatelang schrieben sie sich E-Mails, erkannten schnell gemeinsame Interessen. Beide lasen gern, am liebsten Gedichte. Beide mochten klassische Musik und Spaziergänge durch die Natur. Beide hatten eine Vorliebe für impressionistische Malerei. Es machte Spaß, sich über all das auszutauschen. Babsi schrieb sich von der Seele, was sie bewegte. Nur zu persönliches ließ sie weg.

Hartmut verliebte sich zuerst. Er war begeistert von seiner klugen, gewitzten Mail-Partnerin mit den vielfältigen Interessen und der – wie er zu erkennen glaubte – großen Lebensfreude. Als er sie schließlich das erste Mal *sah*, entsprach sie keinesfalls seinen Vorstellungen, aber sie gefiel ihm und er verliebte sich erneut, diesmal in die schöne zarte Frau mit dem blassen Gesicht.

Bei Babsi dauerte es länger. Sie mochte den intellektuellen Austausch, weiter wollte sie aber nicht gehen. Nur weil Hartmut immer wieder höflich, aber permanent darauf gedrängt hatte, sie persönlich kennenzulernen, hatte sie eines Tages zugestimmt.

Als sie ihm von ihrem Herzfehler erzählte, gab auch er eine schwere Nieren-Krankheit zu.

Wenige Tage später heirateten sie. Im kleinen Kreis, damit die Aufregung für sie nicht zu groß würde. Sie zog zu ihm in die andere Stadt. Gemeinsam gestalteten sie seine Wohnung um. Ihm war wichtig, dass sie sich wohl fühlte, richtig zu Hause und nicht nur als Gast. Er mochte ihre Art, Räume zu gestalten. Bald gab es auch ein Gästezimmer. Sie wollten Familie und Freunde an ihrem Glück teilhaben lassen.

Hartmuts Liebe zu Babsi ließ nicht nach. Sie war glücklich und liebte ihn ebenfalls von ganzem Herzen. Mit meinem ganzen kranken Herzen, dachte sie manchmal. Dann musste sie lachen.

Babsi starb an einem Frühlingstag. Sie hatte den Kaffeetisch gedeckt und beide Fenster weit geöffnet, um den Gesang der Vögel zu genießen. Sie ergänzte die vier Gedecke mit Servietten und Kuchengabeln und lauschte. Da war eine Vogelstimme, die sie nicht zuordnen konnte. Sie würde gleich Hartmut danach fragen. Der kannte sich in der Ornithologie richtig gut aus. Er war nur kurz zum Konditor gelaufen, um ein paar Stückchen Torte zu kaufen. Vor einer Woche war Babsi 41 geworden. Seitdem hatten sie jeden zweiten Tag Besuch gehabt, immer nur zwei

Freunde. Hartmut passte auf, dass seine zarte Frau sich nicht übernahm.

„Du siehst richtig toll aus. Ein bisschen mehr Speck auf den Rippen? Kann das sein?", hatte Astrid, ihre beste Freundin festgestellt. Babsi hatte tatsächlich ein wenig zugenommen. Sie musste aufpassen, dass es nicht zu viel wurde, denn ein Übergewicht könnte ihr schwaches Herz nicht verkraften.

Kurz vor drei. Gleich würden die Eltern eintreffen. Babsi lächelte voller Vorfreude. Ich habe ein wunderbares Leben, dachte sie, ging zu einem der geöffneten Fenster und atmete tief die Frühlingsluft ein. Hier wollte sie auf ihren Hartmut warten. Glücklich schloss sie die Augen und ließ ihr Gesicht von der Sonne bescheinen. Selbst als ihr etwas schwindelig wurde, verschwand das Lächeln nicht. Vielleicht sollte sie sich lieber hinsetzen. Sie freute sich auf die Eltern. Nur war sie plötzlich ziemlich müde und der Brustkorb schmerzte ein wenig … Gleich würde ihr lieber Ehemann nach Hause kommen…

Hartmut fand sie am Boden liegend. Sie atmete nicht mehr. Der Rettungswagen traf gleichzeitig mit den Eltern ein. Weder die Sanitäter noch der Notarzt konnten noch etwas für Babsi tun. „Sie ist an zu großem Glück gestorben. Das hat ihr Herz nicht ausgehalten", sagte später Astrid, die Freundin, die Babsi lange und gut genug kannte.

Babsi hat ihr Leben genossen. Bis zuletzt. Ihr kurzes Leben, das doch um so vieles länger war, als einst der Kinderarzt vorhergesagt hatte.

Der Junge, der ein Hund sein wollte

Marcel war dreizehn, als er bei einem Wutanfall mit dem Stuhl nach der Lehrerin warf und sie im Gesicht traf. Der Englischlehrer, der den Lärm im benachbarten Klassenzimmer gehört hatte, kam zur Hilfe. Zu zweit gelang es ihnen, den um sich tretenden Jungen zu bändigen. Es wurde sofort bei ihm zu Hause angerufen. Der Vater holte wenig später seinen verzweifelt weinenden Sohn ab.

Als meine Tochter mir am Abend davon berichtete, wollte ich es nicht glauben. „Doch, doch", meinte sie. In letzter Zeit hätte er häufig solche Ausraster. Mit Möbeln hätte er aber bisher noch nie geworfen. Meistens schreie er nur herum und trete um sich. Allerdings hätte er seinen Mitschülern noch nie etwas getan. Es seien immer irgendwelche Bemerkungen der Lehrer, die ihn so wütend machten.

Ich kannte den Jungen gut. Er und seine Schwester Nicole hatten uns früher häufig besucht. Beide waren Klassenkameraden meiner Tochter, obwohl Marcel zwei Jahre älter war. Er war später eingeschult worden und hatte dann die zweite Klasse noch einmal wiederholen müssen. Er soll als Kind viel krank gewesen sein. Ich mochte ihn. In meiner Erinnerung war er ein stiller, freundlicher Junge.

Ein paar Tage nach dem Vorfall fand eine außerplanmäßige Elternversammlung statt, zu der auch der Schulleiter erschien. Ich erschrak, als ich das Gesicht der Lehrerin sah. Der große blaue Fleck, von dem mir meine Tochter erzählt hatte, hatte sich inzwischen grünlich verfärbt und würde in den nächsten

Tagen wahrscheinlich in einen Gelbton überwechseln. Es sah ziemlich übel aus. Nach kurzer Begrüßung teilte uns der Schulleiter mit, dass der Schüler Marcel M. die Schule verlassen habe und nun in einem Internat untergebracht sei. Das entlaste auch seine Eltern, die mit ihm deutlich überfordert seien. Abgesehen davon sei er für diese Schule nicht mehr tragbar, da er Mitschüler und Lehrer gefährde. Nein, von häuslicher Gewalt sei ihm nichts zu Ohren gekommen. Der Vater hätte sich immer sehr interessiert und kooperativ gezeigt. Und die Mutter sei eben doch sehr krank. Aber dafür sei ja jetzt das Jugendamt zuständig. Unter den Vätern und Müttern machte sich allgemeine Erleichterung breit.

Auf dem Heimweg überkam mich große Traurigkeit. Ich musste an ein Gespräch denken, welches ich vor etwa drei Jahren mit Marcels Schwester geführt hatte. Obwohl ich damals spürte, dass irgendetwas in dieser Familie nicht stimmte, wollte ich das Vertrauen des Kindes mir gegenüber nicht verletzen. Deshalb habe ich nie mit jemanden darüber geredet. Fast wortwörtlich ist mir dieses Gespräch in Erinnerung geblieben.

„Stimmt's, wenn man regelmäßig so macht, verwandelt man sich in einen Hund?", behauptete Nicole und zog mit beiden Zeigefingern heftig ihre Augenwinkel schräg nach unten in Richtung Ohrläppchen.

„Wie kommst du denn *da*rauf?", fragte ich amüsiert die Achtjährige.

„Marcel behauptet das. Er macht das jeden Abend im Bett. Ganz lange, damit es endlich wirkt.

Manchmal geht er dafür auch in den Hühnerstall. Er sagt, es hilft besser, wenn ihn keiner dabei beobachtet." Das Mädchen sah mich unsicher an. Glaubte sie, was sie da sagte? Erwartete sie, dass *ich* es glaubte? „Ich finde, er guckt wirklich schon ein bisschen wie ein Hund", schloss sie ihren Bericht.

Nicole war am Nachmittag zu uns gekommen, um mit meiner Tochter zu spielen, aber wie so oft, war sie schließlich bei mir in der Küche gelandet. Gerade half sie mir bei der Zubereitung des Abendbrotes, das sie, wie fast jedes Mal, wenn sie hier war, mit uns gemeinsam einnehmen würde. Nicole war immer hungrig.

„Warum macht er denn *so* etwas? Ein Mensch kann sich doch nicht in ein Tier verwandeln." Meine Amüsiertheit war Entsetzen gewichen. Ich legte meinen Arm um die Schulter des Mädchens. „Du weißt schon, dass es Zauberei nur im Märchen gibt? Oder in der Fantasie. Aber nicht in Wirklichkeit", sagte ich und versuchte zu lächeln.

Nicole nickte. „Na klar, eigentlich weiß ich das. Aber wenn man ganz fest daran glaubt... Er wünscht es sich so sehr." Sie holte tief Luft. „Ich werde ihm jedenfalls die Hoffnung nicht nehmen", fügte sie altklug hinzu.

„Wieso um alles in der Welt möchte dein Bruder denn ein Hund werden?"

„Weil er glaubt, dass er es dann besser hat", sagte sie und ging zum Herd, wo sie heftig im Topf zu rühren begann. „Wir müssen aufpassen, dass die Buchstabensuppe nicht anbrennt." Ich wartete, ob sie mir mehr erzählen würde. Ich wollte sie nicht drängen. „Bello und Balthasar werden nie verhauen", fuhr sie nach einer Weile fort und erklärte mir, dass so ihre Schäferhunde heißen.

„Sie werden ständig geknuddelt und gestreichelt und bekommen Leckerlis von Papa. Außerdem müssen sie nicht arbeiten, höchstens mal auf uns aufpassen, aber das ist ja keine richtige Arbeit." Nicole verteilte vier tiefe Teller auf dem Küchentisch. „Ich möchte trotzdem kein Hund sein. Aber ich muss ja auch nicht so viel arbeiten, weil ich ein Mädchen bin." Sie ging zum Küchenschrank, um im Schubfach nach vier gleichen Suppenlöffeln zu suchen.

„Und wieso müssen die Hunde auf euch aufpassen?", fragte ich.

„Na damit wir keinen Unsinn machen, wenn Papa und Mama auf dem Feld sind. Bello hat Marcel sogar mal das Leben gerettet…" Nicole schlug sich die Hand vor den Mund. „Oh, darüber darf ich nicht reden", flüsterte sie. „Bitte verrate nicht, dass ich es gesagt habe."

In dem Moment kam meine Tochter in die Küche gehüpft. „Nicole, wollten wir nicht mit dem Bauernhof spielen?", rief sie fröhlich.

„Das Abendbrot ist fertig. Sag doch bitte dem Papa Bescheid, dass er kommen soll", antwortete ich, zwinkerte Nicole zu und versuchte mein Entsetzen über das soeben Gehörte zu verdrängen.

Nach dem Abendbrot musste Nicole nach Hause. Ich begleitete sie ans Gartentor. „Bring deinen Bruder doch ruhig mal wieder mit. Ihr habt früher so schön zu dritt gespielt", schlug ich ihr beim Verabschieden vor.

„Er wollte ja heute mitkommen, aber er hat den Hühnerstall nicht richtig saubergemacht. Papa hat ihm eine Ohrfeige verpasst, weil er sich so dusslig angestellt hat, und gesagt, dass er erst wieder zum Spielen nach draußen darf, wenn er kapiert hat, was Pflichtbewusstsein heißt.

Marcel und Nicole waren nach diesem Gespräch noch oft bei uns zu Besuch.

Von der „Dorfzeitung", so lautet der Spitzname unserer Nachbarin, erfuhr ich eines Tages, auf welche Weise der Hund Marcel gerettet hat. Die Kinder hatten mal wieder den ganzen Nachmittag allein im Garten verbracht. Weil es sehr heiß war, hatten ihnen die Eltern ein kleines Planschbecken auf die Terrasse gestellt. Der damals fünfjährige Marcel war auf den feuchten Fliesen ausgerutscht und auf den Hinterkopf geknallt. Als der Schäferhund – damals gab es nur den Bello – nicht aufhörte zu jaulen, sei schließlich die Frau von gegenüber wütend an den Gartenzaun geeilt gekommen und habe den bewusstlosen Jungen entdeckt. Beide Kinder wurden danach für einige Zeit in einer Pflegefamilie untergebracht. Seitdem sei angeblich nichts mehr vorgefallen. „Na ja, wer's glaubt, wird selig", meinte meine Nachbarin abschließend. Sie macht sich gern wichtig. Da ist also das Jugendamt dran, dachte ich beruhigt.

Irgendwann muss es weniger geworden sein mit den Besuchen der beiden Geschwister. Ich habe es nicht bemerkt. Meine Tochter hat so viele Freunde.

Die stummen Boten

Unbeholfen steigt die große gebeugte Frau aus dem Smart. Ihr dünnes graues Haar trägt sie wie immer zu einem mickrigen Dutt verschlungen. Nachdem sie sich gestreckt hat, läuft sie mit kurzen vorsichtigen Schritten zu meinem Briefkasten, klappt den Deckel hoch und wirft einen Brief hinein. Bestimmt wieder eine Rechnung, hoffentlich keine Mahnung, denke ich. Da dreht sie sich auch schon um, läuft zum Auto zurück, lässt sich auf den Fahrersitz nieder, zieht erst das rechte, dann das linke Bein hinterher. Ihr Bewegungsapparat scheint unter der immer gleichbleibenden Tätigkeit zu leiden. Wie jedes Mal hat sie auch heute ihren Blick auf keinen anderen Gegenstand als auf meinen Briefkasten und beim Einsteigen auf ihr Auto geworfen. Ich habe das Gefühl, dass sie ihre Umwelt überhaupt nicht wahrnimmt. Mit dem Gesicht dicht hinter der Frontscheibe steuert sie das nächste Ziel ihrer Tour an. Eine merkwürdige Person, denke ich und schaue dem unförmigen Fahrzeug hinterher.

Seit vielen Jahren fährt sie in unserem Ort die City-Post aus. Auch mir hat sie schon jede Menge Briefe gebracht. Anders als unsere Post-Frau hat sie mir keinen davon jemals persönlich übergeben, da ich nie nahe und schnell genug war, um ihn ihr abzunehmen. Deshalb habe ich auch noch nie ein Wort mit ihr gewechselt. Ich kenne überhaupt niemanden im Ort, der mit ihr geredet hat. Jeder hat sie schon gesehen, nahezu jeder von ihr Post gebracht bekommen, die meisten wissen sofort, von wem die Rede ist, wenn ich sie im Bekannten- und Freundeskreis erwähne, aber niemand kennt ihren Namen. Niemand hatte je persönlichen Kontakt mit ihr.

Ich schätze sie auf einen Meter neunzig. Sie ist deutlich älter als ich. In diesem Alter gibt es nicht viele große Frauen. Ob sie als Jugendliche deswegen gehänselt wurde?

In letzter Zeit wird sie manchmal von einem Mann begleitet. Er ist jünger und noch größer als sie. Aufrecht sitzt er im Smart neben ihr. Wahrscheinlich muss er seine Knie bis dicht unter das Kinn ziehen, da das Auto zwar ziemlich hoch, aber auch sehr kurz ist. Er ist viel beweglicher als sie. Ich nehme an, dass er ihr Sohn ist. Die Ähnlichkeit ist verblüffend. Doch auch das weiß niemand im Ort. Auch ihn kennt niemand persönlich.

Auf ihren gemeinsamen Touren steuert sie das Auto und er steigt aus, um die Briefe einzuwerfen. Sobald er läuft, hat er die gleiche gebeugte Körperhaltung wie sie, obwohl er doch beim Sitzen so gerade erscheint. Vielleicht laufen ja große Menschen sicherheitshalber immer ein bisschen krumm, weil sie schon zu oft in ihrem Leben mit dem Kopf an Türrahmen oder niedrige Äste gestoßen sind. Seine Schritte lassen sich am besten als gemächlich bezeichnen. Völlig ohne Hast legt er die Strecke zwischen Auto und Briefkästen zurück, mit seinem Blick weder nach rechts noch nach links abschweifend.

Im Gegensatz zur großen gebeugten Frau trägt der große Mann sein langes Haar offen. Während der wärmeren Jahreszeit ist er mit kurzärmligen, karierten oder gestreiften Hemden und immer der gleichen unmodernen kurzen Hose bekleidet, die seine langen dünnen Beine mit den knolligen Knien zeigt. Vielleicht hat er ja mehrere von diesen Kleidungsstücken und wechselt sie, ohne dass sich sein Äußeres merklich ändert. Wenn es kühler wird, lösen Jogginghosen die kurzen ab und die Hemden werden in eine Windjacke und noch später in einen Anorak gehüllt.

Auch ihn habe ich niemals reden gehört. Vielleicht spricht er tief und knarrend. Vielleicht hat er eine schrecklich hohe Fistelstimme. Beides könnte ich mir bei ihm vorstellen. Bei der Frau vermute ich eine warme dunkle Klangfarbe. Ob sich Mutter und Sohn, wenn sie es denn sind, in ihrem Smart beim Fahren unterhalten?

Nie habe ich die beiden auf einem Dorffest gesehen, nie bei einer Kulturveranstaltung oder in einem unserer Supermärkte und schon gar nicht auf einem Spaziergang. Wer sind sie? Warum kennt sie niemand näher? Sie müssen doch schon eine ganze Weile in unserem Ort leben. Oder wohnen sie außerhalb und arbeiten nur hier? Ich bin neugierig geworden und habe einen Plan entwickelt: Wenn es wieder wärmer ist und ich öfter mit dem Fahrrad unterwegs bin, werde ich sie ansprechen. Ich muss den Moment abpassen, wenn sie halten, um mit der Post in der Hand auszusteigen. Dann werde ich sie nach einer Straße fragen, am besten nach einer, die es in unserem Ort gar nicht gibt. So können sie gemeinsam überlegen, sich gegenseitig fragen und ich lerne beider Stimmen kennen.

Smalltalk auf norddeutsch

Da mir das große Glück mecklenburgischer Verwandtschaft beschieden ist, war es mir möglich, trotz Pandemiezeiten ein paar Tage an der Ostsee zu verbringen. Ich befand mich in einem kleinen, völlig touristenleeren Badeort, zu dem ich als einziger Fahrgast mit dem Bus gereist war. Über einen mit Frühblühern übersäten Waldweg erreichte ich die Steilküste. Obwohl es eigentlich noch zu kalt war, setzte ich mich auf eine Bank und schaute den Wellen zu, hörte auf das Möwengeschrei und freute mich über die Wolkenlücken, die immer wieder für ein paar Minuten die Sonne hindurchschauen ließen. Einerseits genoss ich die für Badeorte völlig ungewohnte Ruhe, andererseits fühlte ich mich auch ein wenig einsam.

Plötzlich kam eine Frau in einem elektrischen Rollstuhl um die Ecke, hielt dicht neben mir und lächelte mich an. Ich schenkte ihr ein Lächeln meinerseits und freute mich, einen Menschen zu sehen. Da sie jedoch an mir uninteressiert schien und sofort ihren Blick auf das Meer richtete, schaute auch ich wieder hinunter. Minutenlang. Ich erschrak, als sie doch noch zu sprechen begann.

„Ganz schön stürmisch heute", sagte sie.

Es ist doch gar nicht stürmisch, dachte ich, sagte: „Ja" und schaute wie sie weiter auf das Meer.

„In Thüringen schneit es", sagte sie dann.

„Aha", antwortete ich. Diesmal war ich auf ein Gespräch eingestellt, doch bevor ich etwas hinzufügen konnte, drehte sie sich mit ihrem Rollstuhl um und verschwand so plötzlich, wie sie gekommen war.

Vernissage

Seit fast vierzig Jahren hat Kerstin Mathias nicht mehr gesehen, während dieser Zeit auch kaum an ihn gedacht. Er hat sich nahezu vollständig aus ihrem Leben geschlichen. Nur wenn sie gelegentlich in ihrem alten Fotoalbum blättert, was an Geburtstagen geschieht, oder wenn die Enkel danach fragen und auch, wenn sie mit Freundinnen in Erinnerungen schwelgt, sieht sie ihn auf den Bildern. Aber sie blättert schnell weiter. Er interessiert sie nicht mehr.

Doch nun würde sie in wenigen Minuten diesem Mann begegnen, den sie einmal liebte und heiratete. Beide waren Anfang zwanzig, als sie sich kennenlernten, unglaublich jung und voller Träume. Jetzt ist sie fast sechzig und ziemlich aufgeregt…

Ina hatte sie damals zu einer Nachmittagsvorstellung ins Kino eingeladen. Die Freundin verdiente schon ihr eigenes Geld, während Kerstin als Studentin ohne elterliche Unterstützung nie welches für Vergnügungen übrig hatte. Anschließend wollten beide im gegenüberliegenden Café noch ein Glas Cola trinken – wieder auf Inas Kosten. Dort saß er. Da alle Tische besetzt waren, fragte Ina, ob bei ihm noch frei sei. Er lächelte, nickte und stellte sich als Mathias vor.

Er sah gut aus mit seinem Bart, den traurigen Augen und dem langen blonden Haar. Als er erzählte, dass er ein Maler sei, war es um Kerstin geschehen. Sie verliebte sich augenblicklich in diesen schönen Intellektuellen. Mathias hatte zuerst nur Augen für Ina, doch als die ihrerseits überhaupt kein Interesse zeigte, wandte er sich schließlich der dunkelhaarigen, scheuen und etwas farblosen Kerstin zu.

Diese war zwar tatsächlich sehr schüchtern, aber wenn sie sich etwas in den Kopf gesetzt hatte, zog sie es durch. Sie wollte endlich einen Freund. Sie geriet schon langsam in Panik, weil sie älter und älter wurde und immer noch solo war. Außerdem wollte sie möglichst schnell dem Elternhaus entfliehen.

Noch im gleichen Monat zog sie zu Mathias in dessen eigene kleine Wohnung…

Von Zeit zu Zeit besucht Kerstin ihre alte Heimatstadt. Auch um sich mit Ina zu treffen. Die beiden haben sich in all den Jahren nie ganz aus den Augen verloren. Mit der Ankündigung: „Dein Ex macht eine Bilderausstellung im Stadt-Museum", hat die Freundin sie diesmal zu sich gelockt.

„Morgen um zehn findet die Vernissage statt. Ich habe eine persönliche Einladung und möchte dich gern mitnehmen."

Ina malt auch. Hobbymäßig und ziemlich gut. Kerstin wusste gar nicht, dass die Freundin noch immer mit Mathias Kontakt hat. Aber der Ort ist eben klein. Da kennen sich Gleichgesinnte untereinander.

„Siehst du ihn oft?", fragt sie und hört selbst, wie zickig das klingt.

„Nein", beeilt sich Ina zu antworten. „Er hat unserer Malgruppe im Winter einen Aquarell-Kurs angeboten. Wir haben uns wiedererkannt und ein paar Worte gewechselt. Das war's auch schon. Ich weiß nicht, wie er dazu kommt mich einzuladen"…

Kerstin fühlte sich nicht wohl in der dunklen, unordentlichen Enge ihrer gemeinsamen Wohnung. Als Studentin kam sie nur an Wochenenden und in den Ferien nach Hause. Dann versuchte sie, Ordnung ins Chaos zu bringen, doch Mathias wollte die wenige gemeinsame Zeit vergnüglich mit ihr verbringen und schlug einen Gaststättenbesuch vor. Er war ein guter Unterhalter. Stark angetrunken kamen sie spät in der Nacht nach Hause, wo sie weitertranken und Mathias, der über ein großes Wissen verfügte, weiter auf sie einredete. Jetzt spürte sie die Ungemütlichkeit nicht mehr. Es war jedes Mal das gleiche Spiel.

Nach anderthalb Jahren beschlossen sie zu heiraten. Ina sollte Trauzeugin sein.

Kurz vor der Hochzeit kam es zum ersten Streit. Tagelang hatte Mathias versucht, sich seinen Anzug selbst zu schneidern. Er hatte ganz konkrete Vorstellungen und bekam in den Geschäfteczn nicht an-nähernd das, was er wollte. Mit Schrecken hatte Kerstin in dem Jahr ihrer Bekanntschaft immer mehr Seltsamkeiten am Geliebten entdeckt.

„So sind Künstler eben", redete sie sich ein. „Dafür kann er wunderbar malen." Doch in Wahrheit ängstigte sie seine Vorliebe für alles aus der Zeit der Renaissance. Sein großes Vorbild Leonardo da Vinci beeinflusste Kleidungs- und Malstil des Geliebten. Sogar der Vollbart und die langen Haare ähnelten dem des alten Universalgenies immer stärker.

Der Anzug wurde nicht rechtzeitig fertig. Das Schneidern erwies sich als bedeutend schwieriger, als Mathias erwartet hatte. Die Wölbung im Hosenboden wollte ihm nicht gelingen. Verzweifelt bat er Kerstin, die Heirat zu verschieben. Aber der Standesamt-Termin stand fest und viele Gäste waren geladen.

Kerstin kaufte ihm schließlich von ihren Ersparnissen einen schwarzen Smoking. Es sollte eine Überraschung sein. Das Geld reichte gerade. Sie war sogar ein bisschen froh, dass der selbstgeschneiderte Hochzeitsanzug nicht zustande gekommen war. Die Zeichnungen hierzu hatten sie doch zu sehr an eine Fa-schingsfeier erinnert.

„Wie sehe ich denn darin aus!", schrie er sie an. „Ich dachte, du kennst meinen Geschmack inzwischen! Bürgerliches Gelumpe!" So laut war er noch nie zu ihr geworden.

Mit all ihren Überredungskünsten brachte sie ihren zukünftigen Ehemann dazu, das ungeliebte Kleidungsstück trotzdem anzuziehen.

Auch am Polterabend stritten sie. Mathias behauptete, Kerstin kümmere sich nur um ihre Kommilitonen und überhaupt nicht um seine Gäste. Sie schob sein Verhalten auf die Aufregung. Zur Not müssen wir uns eben wieder scheiden lassen, dachte sie tapfer. „Er ist so begabt und er kann so lieb sein." Sie versuchte, sich Mut zu machen, den Streit klein- und ihre Partnerschaft schönzureden…

Das Museum ist voller Menschen. Eine bunte Parfümwolke schwebt über ihren Köpfen. Vor einem Ölgemälde mit schwer durchschaubarem Inhalt entdeckt sie Mathias. Er steht inmitten einer Gruppe ihn anhimmelnder Fans, darunter deutlich mehr Frauen als Männer, und genießt die Aufmerksamkeit, die ihm als Künstler entgegengebracht wird.

„Wann ist denn dieser Stilwandel passiert?“, fragt Kerstin erstaunt die Freundin. „Mathias hat damals immer nur gegenständliche Bilder gemalt – ganz im Sinne des großen Vorbildes Leonardo da Vinci und so altmodisch, dass keiner sie kaufen wollte.“

Heute bestehen seine Bilder aus grellfarbigen Flecken unterschiedlicher Größe und undefinierbarer Form. Farblich sind sie so schön, dass Kerstin sich am liebsten eins davon ins Wohnzimmer hängen würde. Sie wird sich später nach den Preisen erkundigen.

„Jetzt, wo du es sagst, fällt es mir auch auf. Ich hatte seine früheren Werke ganz vergessen“, sagt Ina und denkt kurz nach. „Nein, er malt schon lange so. Meistens Ölbilder, manchmal Aquarelle.“

„Er ist dicker geworden“, stellt Kerstin fest…

Er war so unglaublich dünn damals. Im Zusammenhang mit ihm hatte sie das erste Mal das Wort *spack* gehört. „Was hast du dir denn für einen spacken Jüngling an Land gezogen?“ Er aß ja auch so wenig, rauchte ständig, steckte sich eine Zigarette nach der anderen an. Anstatt ihn davon abzubringen, begann Kerstin selbst zu rauchen und sorgte mit dafür, dass die gläserne Obstschüssel auf dem Wohnzimmertisch, die als Aschenbecher diente, schnell gefüllt war. Und immer stand eine angebrochene Flasche Rotwein daneben. Besonders stolz war Mathias, wenn er Rosenthaler Kadarka bekommen hatte. Wenn *der* ausgetrunken war, wurde die Flasche als Kerzenhalter umfunktioniert. Das Wachs der Tropfkerzen eignete sich besonders gut dafür. Es gab etliche dieser Kerzenhalterflaschen in ihrer gemeinsamen Wohnung…

Seinen Bart trägt er noch immer, wenn auch um etliches kürzer als früher. Sofort spürt Kerstin wieder die wunde Haut auf ihrem Gesicht. Wie oft war sie nach gemeinsamen Liebesstunden mit brennenden Wangen zurückgeblieben, wach und nicht selten ziemlich traurig, während ihr Ehemann längst neben ihr schlief. Es gibt auch weiche Bärte, weiß sie inzwischen. Aber seiner war stachelig. Ob es die andere gestört hat?

An die anderthalb Jahre ihrer Ehe erinnert sich Kerstin nur schemenhaft. Es war viel Alkohol im Spiel. Das verschleiert die Erinnerungen. Eines Tages erfuhr Kerstin, dass Mathias sie seit längerer Zeit betrog. Mit einer Frau, die Ina sehr ähnlich sah. Die Scheidung wurde schnell und unkompliziert vollzogen. Anschließend tranken sie in demselben Café, wo sie sich kennengelernt hatten, eine Tasse Kaffee und mehrere Apfelkorn. Sie trennten sich im Guten. Es war besser so. Für beide.

Als Mathias ihr einen Blick zuwirft, schrickt Kerstin aus ihrem Tagtraum hoch. Hat sie ihn etwa die ganze Zeit angestarrt? Er stutzt, schaut wieder weg, hat sie wohl nicht erkannt. Sie beschließt, ihn nicht anzusprechen. Sie möchte nicht riskieren, dass die Begegnung mit der Vergangenheit Schmerzen auslöst. Wir wären beide nicht das geworden, was wir sind, denkt sie, zufrieden mit ihrem Leben nach dieser ersten Ehe in viel zu jungen Jahren. Auch er hat seinen Weg gemacht. Erstaunt merkt sie, dass sie sich für ihn freuen kann. Sie gibt Ina ein stummes Zeichen. Leise verlassen sie das Museum. Kerstin wird sich die Bilder später noch einmal ansehen. Wenn sie sicher ist, Mathias nicht zu treffen.

Jürgens Beerdigung

Erde zu Erde, Asche zu Asche, Staub zu Staub. Sybille hört, wie der Sand aus ihrer Hand auf den Sargdeckel rieselt. Es erinnert an Sommerregen. Sie wirft den Freesien-Strauß hinterher. Es war nicht einfach, Jürgens Lieblingsblumen zu bekommen. Freesien gehören nicht in den Herbst. Nun sieht Sybille, dass noch andere Trauergäste die gleiche Idee hatten.

Gefasst nimmt Thomas die Kondolenzen entgegen. „Er ist einfach morgens nicht mehr aufgewacht. Eigentlich schön für Jürgen. So musste er gar nicht leiden", hört sie ihn zu einem Ehepaar sagen. Seine Augen sind rot, aber er weint nicht. Vielleicht sind seine Tränen für heute schon aufgebraucht.

Mit schlechtem Gewissen, weil sie die beiden befreundeten Männer seit Monaten nicht besucht hat, reicht Sybille ihm die Hand. „Es tut mir so unendlich leid", sagt sie ehrlich.

„Wie schön, dass du gekommen bist." Für einen Moment strahlen seine Augen. Da umarmt sie ihn ganz fest. Irrt sie sich, oder riecht auch er ein wenig nach Freesien?

Am Rande des Grabes nehmen zwei Männer Aufstellung. Sybille erkennt in ihnen alte Sängerfreunde von Jürgen und Thomas. Der eine kramt eine Stimmgabel aus seiner Manteltasche hervor, schlägt sie ans Knie und reicht seinem Kollegen den Ton weiter. Der räuspert sich, lässt einen kurzen hohen Seufzer von sich und beginnt zu singen. Wenig später fällt der mit der Stimmgabel ein. Sie singen das bekannte Duett aus DIE PERLENFISCHER von Georges Bizet.

Sie singen es *a capella*, gefühlvoll und mit unglaublicher Ernsthaftigkeit. Gebannt lauscht die Trauergemeinde. Sybille ist ergriffen von der Komposition und von der Schönheit der beiden Stimmen. Obwohl das Orchester fehlt, wirkt die Musik vollkommen.

Jürgen liebte Opernmusik und brachte stundenlang damit zu, seine CDs und Schallplatten zu hören. Wenn Sybille zu Besuch kam, bat er sie Platz zu nehmen. Er erklärte ihr, was sie gleich zu hören bekommen würde. Was Opern betraf, hatte dieser Mann ein unglaubliches Wissen. Schließlich wurde die Musik aufgelegt. Während Thomas in der Küche ein Essen zubereitete, saß Jürgen mit verklärtem Gesicht und kaum ansprechbar auf seiner uralten Chaiselongue und sagte höchstens: „Wenn ich diese wunderbare Musik höre, krempeln sich meine Eingeweide um." Sybille war es zuerst unangenehm. Sie wusste nicht, wie sie darauf reagieren soll und stellte sich vor, wie der Darm des Freundes sich schlangenmäßig um Leber und Magen legt, wie Milz und Gallenblase den Platz tauschen und die Bauchspeicheldrüse zur Niere rutscht. Das war damals, am Anfang ihrer Freundschaft, als sie noch jung war. Inzwischen kann sie gut nachvollziehen, was in Jürgen vorgeht. Vorging. Sie kennt inzwischen dieses unglaublich wohlige Gefühl um das Zwerchfell herum. Wenn Thomas fertig war mit dem Kochen, setzte er sich zu ihnen und wartete geduldig, bis die CD oder die Schallplatte abgelaufen war, um dann sein wunderbar schmackhaftes Essen zu servieren.

Sybille hatte Thomas in den achtziger Jahren im POSTKUTSCHER kennengelernt. Sie war damals erst seit kurzem in Berlin und kannte kaum jemanden in dieser großen anonymen Stadt. Da das Essen gut und preiswert war und die Bedienung äußerst aufmerksam und freundlich, besuchte sie jenes Restaurant sehr oft. Schnell kam sie mit den Kellnern ins Gespräch. Einer stellte sich als Thomas vor und lud sie eines Tages kurzerhand zu sich nach Hause ein. Dort lernte sie seinen Lebenspartner Jürgen kennen, fand mit den beiden ihre ersten Berliner Freunde und verbrachte fortan unzählige Stunden bei ihnen.

Warum wurden die Besuche im Laufe der Jahre immer seltener, fragt sich Sybille und findet keine Antwort. War es, weil sie andere Freunde fand, weil sie interessantere Menschen kennenlernte, die besser im Alter zu ihr passten? War die Gründung ihrer Familie schuld daran? Doch auch, wenn sie sich zuletzt nur noch zu Geburtstagen oder gelegentlich an Wochenenden trafen, brach der Kontakt nie ganz ab.

Das Sänger-Duo hat seinen Gesang beendet. Langsam zerstreut sich die Trauergemeinde. Einige von ihnen versammeln sich um Thomas. Er fragt Sybille, ob sie auch noch mit zum Italiener komme. Er habe dort einen Tisch reservieren lassen. Sie nickt.

Der POSTKUTSCHER ist jetzt ein italienisches Restaurant. Sybille wusste es nicht. Sie ist lange nicht hier gewesen. Unter den Trauergästen erkennt sie ein paar der alten Freunde von Jürgen und Thomas und setzt sich zu Karsten.

„Fünfundzwanzig Jahre waren Jürgen und Thomas zusammen, ehe sie endlich heiraten durften", sagt Karsten.

„Solch eine Treue ist schon außergewöhnlich", erwidert Sybille und hat plötzlich Angst um Thomas. Wie wird er das Alleinsein verkraften?

Viele sind zum Trauermahl gekommen. Der italienische Kellner schiebt zwei weitere Tische heran und holt ein neues Tablett mit Kanapees. Er scheint ein guter Bekannter von Thomas zu sein. Ist er vielleicht sogar ein ehemaliger Kollege? Die Augen des trauernden Freundes sind nicht mehr so stark gerötet. Er ist nicht allein, denkt Sybille beruhigt. Er hat viele Freunde. Ihr fällt ein, dass Thomas ihr doch von der Schließung des POSTKUTSCHERS berichtet hat. Sie hatte es vergessen.

Als sich ein paar der Trauergäste mit kleinen Geschichten an Jürgen erinnern, erzählt Sybille, dass sie immer, wenn sie besonders schöne Musik hört, an den Freund denken muss, an seine sich umkrempelnden Eingeweide. Beim Erzählen merkt sie, dass ihr diese Tatsache erst heute richtig bewusst geworden ist. Sie erzählt, dass sie früher darüber gelächelt habe, es ihr inzwischen jedoch wie ihm ergehe. Das Hören von besonders ergreifender Musik würde sie vermutlich bis an ihr Lebensende an Jürgen erinnern.

Zu Hause schiebt sie die CD mit RIGOLETTO, ihrer Lieblingsoper, in den Player. Sie macht es sich auf dem Sofa gemütlich und denkt an ihre ersten Berliner Freunde, von denen einer nun fehlt, und an die schönen Stunden, die sie bei ihnen verbringen durfte. „Wenn ich diese wunderbare Musik höre, krempeln sich meine Eingeweide um", denkt sie und lächelt.

Einladung zum Neujahrskonzert

Von der Grenzöffnung erfuhr Susanne aus den Abendnachrichten. Sie hatte einer Freundin beim Renovieren der Wohnung geholfen. Als Sängerin war sie immer froh, wenn sie sich nebenbei mit handwerklichen Dingen beschäftigen konnte, mit Tätigkeiten, deren Ergebnis man hinterher sah. Schon viele Räume hatte sie tapeziert, Wände und Türen gestrichen, Regale angebracht oder Teppichböden verlegt. Es war ein guter Ausgleich zu ihrer sonstigen geistigen und bewegungsarmen Arbeit. Nun befand sie sich auf dem Heimweg.

Gleich nachdem sie ins Auto eingestiegen war, schaltete sie das Radio ein. Sie hatte den Trabant *de luxe* erst vor wenigen Monaten von einem Kollegenehepaar erworben, das in den Westen übergesiedelt war und ihr die zehn Jahre alte Anmeldung für einen Preis von vier Monatsgehältern überlassen hatte. Das eingebaute Mittelwellenradio und die Verschiedenfarbigkeit von Dach und Karosse berechtigten den Zusatz *de luxe*.

Nach den anstrengenden Renovierungsarbeiten war Susanne müde und folgte den Nachrichten nur halbherzig. Sicher hatte sie etwas falsch verstanden.

Zu Hause schaltete sie den Fernseher nicht ein. Der Sohn schlief und die Wohnung war klein. Jedes Geräusch konnte das Kind wecken.

Erst am nächsten Tag glaubte Susanne, was sie am Vorabend gehört hatte. Die Grenzen waren tatsächlich offen. Die Mauer war durchbrochen worden. Man konnte einfach so in den Westen gelangen.

Ein paar ihrer Kollegen waren schon vor der Probe drüben gewesen. Aufgeregt erzählten sie von ihren Erlebnissen. Sie waren unheimlich laut, lachten überdreht und fielen sich gegenseitig ins Wort. Susanne schwirrte der Kopf.

Am Nachmittag sah sie sich die Bilder im Fernsehen an. Tränen liefen ihr übers Gesicht. Freude. Hoffnung. Reiselust. „Was für ein Wahnsinn!", rief sie und: „Wer hätte das gedacht?" Ihr Sohn war im gleichen Alter wie sie damals, als die Grenzen geschlossen worden waren.

Mit einem Mal gab es zahlreiche Grenzübergänge. Einer befand sich am Ende der Warschauer Straße. Über den wagte sie sich erst Tage später. Wegen des Sohnes und der Verantwortung für ihn. Sie hatte Bedenken, sich mit dem Kinderwagen durch die aufgeregte Menschenmasse zu drängeln und auch ein bisschen Angst davor, dass sie vielleicht nicht wieder zurück nach Hause könnten.

Doch dann war es ganz einfach, durch diesen Durchgang in der Mauer, den sie all die Jahre zuvor nie wahrgenommen hatte, zu gehen. Der Grenzbeamte sah flüchtig in ihren Personalausweis und gab ihn ihr in einer Mischung aus Verwirrung, Freude und scheuer Freundlichkeit zurück.

Sie holte das Begrüßungsgeld für sich und den Sohn ab. Sie kaufte nichts dafür. Noch nicht. Sie wollte sparen, wollte sich eines Tages ein richtiges Auto, ein West-Auto, kaufen.

Im Dezember kam die Einladung. Der Chor der westlichen Hälfte Berlins lud die östlichen Berufskollegen zum Neujahrskonzert in die berühmte Philharmonie ein. Was für eine wunderbare Idee! Endlich sollte Susanne den Chor erleben, von dem sie und ihre Kollegen all die Jahre zuvor kaum eines der im Rundfunk übertragenen Konzerte verpasst hatten und von dem sie immer nur in höchster Ehrfurcht sprachen.

Tagelang freute Susanne sich auf das Konzert. Am Tag selbst jedoch kamen ihr Bedenken. So stark, dass sie erwog, zu Hause zu bleiben. Die Angst war zurückgekehrt: Was, wenn die Grenzen plötzlich wieder geschlossen würden, wenn sich alles als ein Irrtum herausstellte? Was würde mit ihrem Sohn passieren, wenn sie nicht mehr nach Hause käme? Die Kollegen zerstreuten die Bedenken.

„Das lässt sich nicht mehr rückgängig machen", lachten sie und entfachten ihre Vorfreude erneut.

Eine der alten Frauen im Haus bekam Susannes Wohnungsschlüssel und das Babyphone, das sie von ihrem Westonkel geschenkt bekommen hatte. So etwas gab es im Osten nicht und der Onkel machte gern Geschenke. Auch den Kindersitz für das Auto hatte sie von ihm. „Ich bin spätestens um elf zurück", versprach sie der Frau, nachdem sie ihr das westliche Gerät erklärt hatte.

„Mama geht ins Konzert. Schlaf schön", sagte sie zu dem Anderthalbjährigen und deckte ihn zu. Er strahlte sie an.

Die U-Bahn fuhr bis dicht an die Stelle, wo vor wenigen Wochen noch eine Mauer die Stadt geteilt hatte. Den Rest musste Susanne laufen. Sie überquerte die große Wiese, das einstige Niemandsland, die Fläche, wo Menschen erschossen worden waren, weil sie genau das gewollt hatten, was sie jetzt gerade tat – vom östlichen Teil Berlins in den westlichen wechseln. Susanne blieb stehen. Die Philharmonie lag direkt vor ihr. Sie genoss den Moment. Nur noch ein paar Schritte. So richtig konnte sie das alles immer noch nicht fassen.

Ein großer Teil der Mauer war inzwischen abgerissen worden. Andere Teile standen noch, würden wohl auch noch eine ganze Weile als Erinnerung stehen bleiben. Sie waren mit Graffiti besprüht – nun auch vom Osten her. Als Susanne die erste Straße im Westen überquerte, fielen ihr die anders gestalteten Ampelmännchen auf.

Vor dem Eingang der Philharmonie wartete sie voller Scheu, allein das berühmte Gebäude zu betreten. Nervös zupfte sie am ungewohnten Rock und überprüfte die Frisur in der Glasscheibe der Eingangstür. Konnte sie mit den vornehm gekleideten Westlern mithalten? Starker Parfümgeruch umwehte sie.

Endlich ein bekanntes Gesicht. Strahlend kam ein Kollege auf sie zu. Gemeinsam wagten sie sich hinein. Die Westkollegen hatten ihnen die teuersten und besten Plätze im Parkett reservieren lassen.

Als die Künstler die Bühne betraten, war Susanne so aufgeregt, dass sich alles um sie herum in einen Nebelschleier hüllte. Bis in den Kehlkopf spürte sie ihren Herzschlag. Erst nach einer ganzen Weile konnte sie sich beruhigen. Fasziniert lauschte sie der MARIENVESPER von Claudio Monteverdi. Sie liebte Alte Musik. Sie hatte sich die Schallplatte dieses Werkes vor Jahren für Westgeld, das sie im Kurs von einer D-Mark zu sieben Ostmark umgetauscht hatte, erworben. Damals entsprach das etwa einem Viertel ihres Monatsgehaltes.

Einige der Chorsänger waren ihr bekannt. In der ersten Reihe ganz rechts saß die ehemalige Kollegin, die sich während einer Tournee in den Westen abgesetzt hatte. Auch der Tenor, der – ebenfalls während einer Tournee – Pornohefte erworben, in die DDR eingeschleust und dort verkauft hatte, im Gefängnis gelandet und schließlich vom Westen freigekauft worden war, sang mit. Das erst vor kurzem in den Westen übergesiedelte Kollegenehepaar, von dem sie die Anmeldung für ihren Trabant *de luxe* bekommen hatte, war nicht dabei.

Es war ein unglaublich schönes Konzert. Alte Musik in Spitzenqualität! Nie zuvor hatte Susanne solch einen fantastischen Orchesterklang erlebt. Es sangen Solisten, die sie zwar aus dem Radio und von Westschallplatten kannte, aber noch nie live erlebt hatte. Der Chor klang noch brillanter als bei den Radioaufnahmen. Und welch eine tolle Akustik! Aufrecht sitzend lauschte sie dem Geschehen mit offenem Mund. Als sie es bemerkte, war es ihr peinlich. Schnell presste sie die Lippen aufeinander und ließ sich in den Stuhl zurücksinken.

Nach dem Konzert trafen sich beide Chöre in der Philharmonie-Kantine, um einander kennenzulernen. Vielleicht würde es ja eines Tages sogar ein gemeinsames Konzert geben? Susanne blieb nicht. Sie wollte schnell zu ihrem Sohn zurück. Vielleicht war die alte Nachbarin eingeschlafen und hörte nicht, wie das Kind weinte. Wieder im Osten angelangt, fühlte sie Erleichterung. Alles war gut gegangen.

Dreißig Jahre sind seitdem vergangen. Susannes Beruf hat sich verändert. Sie durfte viele Künstler von Weltrang erleben, Konzerte unter berühmten Dirigenten mitgestalten und an der Seite von großartigen Sängerinnen und Sängern auftreten. Der persönliche Leistungsdruck ist gestiegen und bekommt manch einer Kollegin nicht gut. Eine Freundschaft beider Chöre ist nicht entstanden – auch nicht nach dem gemeinsamen Konzert. Konkurrenzdenken verhindert manches. Im Laufe der Jahre haben die östlichen Kollegen an Selbstsicherheit gewonnen und ihre große Ehrfurcht gegenüber den Westlern verloren. Etliche innerdeutsche Chor-Ehen sind entstanden, einige von ihnen wieder zerbrochen. Susannes Westonkel wurde ein gewöhnlicher Verwandter, einer von vielen. Er verlor den Geschenke-Onkel-Bonus und konnte schlecht damit umgehen. Der kleine Sohn ist längst erwachsen und hat eigene Kinder. Sie sind interessiert und hören gern zu, wenn Susanne ihnen von früher erzählt. Irgendwie klingt es putzig, wenn sie DDR sagen.

Die Zwillingspuppen

Julia öffnet ihrer Mutter die Wohnungstür. Sofort rennt die kleine Lina jubelnd auf Oma Roswitha zu und wirft sich in deren Arme.

„Alles Gute zum Geburtstag, mein Schatz." Roswitha drückt die Dreijährige fest an sich.

„Herzlichen Glückwunsch zu deinem wunderbaren Mädchen", sagt sie, nun an ihre Tochter gewandt, und umarmt auch Julia. Dabei muss sie plötzlich daran denken, wie sie damals vor dreißig Jahren ihr Neugeborenes angesehen und gedacht hatte: Du kleines Wesen wirst eines Tages selbst Kinder bekommen. Nun ist bereits das zweite Baby unterwegs. Julia hat es ihr am Telefon erzählt.

„Ihr habt ja schon wieder das Wohnzimmer umgeräumt?", sagt Roswitha. Es ist ihr sofort aufgefallen, obwohl die vielen bunten Girlanden und Luftballons den Blick ablenken.

„Mama, du kennst mich doch." Julia lacht. „Ich habe eben immer neue Ideen. Außerdem brauche ich nicht mehr alles wegen Lina hochzustellen."

Auch Maria hat einen neuen Platz bekommen. Sie sitzt auf dem Bücherregal und schaut mit ihrem reizenden Silberblick auf den gegenüber stehenden riesigen Fernseher.

Maria war Julias Lieblingspuppe, ist es wohl noch und wird es immer bleiben. Sie hat hellgraues Haar, welches früher einmal weißblond war und inzwischen eher einer hübschen Filzmütze ähnelt. Fast dreißig Jahre Existenz haben ihre Spuren hinterlassen. Ein Auge ist leicht verdreht und schließt beim Schlafen nicht mehr vollständig. Zu viel Liebe kann auch erdrückend sein.

Seit Julias drittem Geburtstag hat die Puppe deren Kindheit begleitet. Nur einmal war sie verlorengegangen…

Roswitha klappte das Märchenbuch zu, deckte die kleine Tochter sorgfältig zu und gab ihr einen Gute-Nacht-Kuss.

„Wo ist Maria? Sie muss doch bei mir schlafen", sagte Julia und gähnte.

„Oh, ich bringe sie dir. Wo hast du sie denn hingelegt?" Roswitha schaute sich im Kinderzimmer um. „Vielleicht ist sie im Wohnzimmer?" Doch sie konnte die Puppe weder dort noch im Bad oder in der Küche entdecken.

„Ich lege sie zu dir ins Bett, wenn ich sie gefunden habe", versprach sie der Tochter, die ihr vertraute und längst eingeschlafen war, als Roswitha die Suche aufgab.

Am nächsten Tag überlegten beide gemeinsam, wo sie Maria liegen gelassen haben könnten. Sie durchstreiften den Garten und suchten im Auto. Sie gingen einmal die gesamte Straße auf und ab und schauten, ob vielleicht jemand die Puppe auf einen Zaunpfosten gesetzt hatte. Alles vergeblich. Tapfer versuchte Julia, ihre Traurigkeit zu verbergen.

„Ich habe eine Idee", sagte Roswitha, die inzwischen genauso verzweifelt wie ihre Tochter war. Sie verfasste eine Suchmeldung, schrieb den Text mehrfach ab und verteilte ihn an den Bäumen und Laternenmasten der Umgebung.

Verloren
Wer hat die Lieblingspuppe meiner Tochter
gefunden? Sie hat blondes lockiges Haar,
ist mit einem hellblauen Strickkleid
sowie braunen Strickschuhen bekleidet.
Sie wird seit Mittwoch vermisst.
Der Finder erhält eine Belohnung.

Als Maria nach einer Woche noch immer nicht wieder aufgetaucht war und die Traurigkeit der kleinen Julia nicht aufhören wollte, beschloss Roswitha, eine neue Puppe zu kaufen. Es musste doch eine mit dem gleichen Aussehen zu finden sein.

Sie fuhr von Kaufhaus zu Kaufhaus. Die Auswahl an Puppen war riesig. Nur eine, die wie Maria aussah, war nicht dabei. Dieses Problem hätte es in Roswithas Kindheit nicht gegeben. Damals fand man ständig in anderen Haushalten Dinge, die man selbst besaß. So hatten auch etliche ihrer früheren Spielkameraden Puppenkinder, die ihren auf erstaunliche Weise glichen. Zwar kam es vor, dass ihnen der Preis in einen der Füße oder in den Rücken gestanzt war, aber dann strickte eine liebevolle Großmutter oder Tante ein Paar Puppenschuhe oder ein Kleidchen, um diesen zu verdecken.

Endlich wurde Roswitha fündig. Eine gefühlte Stunde lang stand sie vor dem riesigen Spielzeugregal, bis sie es geschafft hatte, sich eine der Puppen ähnlich zu reden. Doch, doch, die Ähnlichkeit war tatsächlich verblüffend. Vielleicht war das Gesicht ein bisschen breiter, die Haare ein wenig heller, die Augen etwas weiter auseinander stehend. Auf alle Fälle hatte sie die gleichen Hände mit den leicht gekrümmten Fingern und den gleichen weißen, weichen Stoffkörper. Auch die Größe stimmte.

Zu Hause schlich sich Roswitha in den hinteren Teil des Gartens. Sie ließ Sand und Erde über die neue Puppe rieseln, rieb die feinen, leider überhaupt noch nicht verfilzten Haare mit Gras ab, schmierte sogar ein bisschen Kiefernharz hinein und versuchte alles, um die Puppe nicht mehr so neu aussehen zu lassen. Zuletzt zog sie ihr eines von Marias Strickkleidern an und überreichte sie Julia.

„Oh, eine neue Maria", sagte das Kind und lächelte. „Die ist auch schön." Julia ist schon immer ein höfliches Kind gewesen.

Am Nachmittag ging Roswitha mit der Tochter Eis essen. Es war ein sehr heißer Tag. Die Schlange vor der Eisdiele war lang, wie Roswitha es nur aus ihrer Kinderzeit kannte.

„Da ist meine Maria", schrie Julia plötzlich, zerrte an Roswithas Ärmel und hüpfte aufgeregt auf der Stelle.

Tatsächlich: Im einem der Regalfächer, neben Gläsern mit Smarties, Schokostreuseln und Haselnüssen saß die Puppe.

„Die haben Sie draußen auf dem Tisch liegen gelassen. Vor ein paar Tagen. Eine Kundin hat sie bei mir abgegeben. Ich wusste sofort, zu wem sie gehört. Die Kleine hat sie ja ständig dabei", sagte die Eisverkäuferin. „Leider wusste ich deine Adresse nicht", wandte sie sich an Julia. „Sonst hätte ich sie vorbeigebracht. Du warst bestimmt traurig? Sie hat die ganze Zeit hier im Regal gesessen und auf dich gewartet."

Zu Hause wurde die neue Maria in Marita umbenannt.

„Jetzt hast du Zwillinge", stellte Roswitha fest. Aber eindeutig zweieiige, dachte sie und begann noch am selben Abend je zwei gleiche Kleider und Mützen sowie vier winzige Schuhe für die Puppen zu stricken.

Maria blieb die Lieblingspuppe. Als Julia viele Jahre später aus dem elterlichen Haus auszog, nahm sie Maria mit. Marita lag seitdem auf dem Dachboden, sorgsam eingepackt inmitten anderen nicht mehr benutzten Spielzeugs. Bis gestern, als Roswitha sie nach unten holte, gründlich badete, das durch Kinderhände grau gewordene Gesicht kräftig mit Seife wusch und versuchte, die Haare zu entfilzen.

„Oma hat dir ein Geschenk mitgebracht", sagt sie jetzt zu Lina, ihrer kleinen Enkelin, und überreicht ihr eine große bunte Tüte, aus der ein blonder Lockenkopf herausragt. „Sie heißt Marita."

„Oh! Die sieht ja fast wie Mamas Puppe aus", freut sich Lina und schaut zum Bücherregal hinauf, wo das einzige Spielzeug sitzt, das sie nur in Ausnahmefällen in die Hand nehmen darf. „Jetzt habe ich auch so eine schöne Puppe. Danke Omi."

Angelika muss nachdenken

Es ist einer dieser besonders heißen Sommertage, von denen es in den letzten Jahren immer mehr gibt und die dazu führten, dass Angelika beschloss, ihre alljährliche Teneriffa-Urlaubsreise in die schattenreiche sächsische Schweiz zu verlegen. Die Idee kam von Peter, ihrem Bruder, der seit Jahren seinen Urlaub im Elbsandsteingebirge verbringt, meistens zusammen mit seinem Freund. Dieses Jahr hat es leider nicht geklappt, dass beide Männer gleichzeitig Urlaub nehmen. „Fahr du wenigstens hin. Es wird dir gefallen", sagte Peter leicht frustriert zu seiner Schwester, brachte ihr Wanderkarten und Reiseführer vorbei und empfahl sein Lieblingshotel in Bad Schandau.

Angelika wandert gern. Das kann sie um Bad Schandau herum genauso gut wie auf der spanischen Insel. Auf die angenehmen Abkühlungen im Wasser wird sie allerdings verzichten müssen. Seen gibt es hier leider nicht. Ein Meer schon gar nicht. Und die ohnehin sehr flachen Bäche sind fast alle ausgetrocknet. Sogar der Pegelstand der Elbe ist in diesem Jahr so niedrig, dass die schönen alten Raddampfer, von denen Angelikas Bruder so geschwärmt hat, nicht fahren können. Ob man in dem Fluss baden darf? Er soll ja in den letzten Jahren sauberer geworden sein. Angelika ist skeptisch.

Heute möchte sie die Gegend um Rathen erkunden. Seit 54 Minuten sitzt sie auf dem Bahnsteig, besser gesagt auf einer im Schatten stehenden Bank am Ende des Bahnsteiges, so weit entfernt, dass wohl kaum einer der Reisenden bis zu ihr vordringen wird.

Sie möchte allein sein. Sie muss nachdenken. Wie so oft ist auch heute der Zug unpünktlich. Anderthalb Stunden Verspätung sind über den knisternden, vorsintflutlichen Lautsprecher bekanntgegeben worden. Einige der Reiselustigen haben nach der Ansage kopfschüttelnd oder auch wütend den Bahnhof verlassen. Doch Angelika hat die Fahrkarte bereits gekauft und weder Lust, diese verfallen zu lassen, noch ihr Tagesprogramm zu ändern.

Sie holt die Thermosflasche mit dem eisgekühlten Tee aus dem Rucksack, trinkt ein paar Schlucke, nicht zu viel, denn er soll den ganzen Tag reichen, genau wie die beiden beim Frühstück abgezweigten Brötchen. In ein Restaurant möchte sie nicht gehen. Dort trifft man Menschen und das möchte sie heute gern vermeiden.

Eigentlich mag Angelika es, Leute zu treffen, mit einer völlig fremden Person ein Gespräch anzuknüpfen, zuerst ein bisschen von sich zu erzählen, dem Gegenüber anfangs unverfängliche, dann immer persönlichere Fragen zu stellen, sich dabei näher zu kommen. Sie weiß von dem Bedürfnis vieler Menschen, dass ihnen jemand zuhört. Angelika hört gern zu. Aber sie hat es auch gern, wenn sich jemand für *sie* interessiert. Nur heute will sie lieber allein bleiben. Heute muss sie nachdenken.

Der Grund ist Werner, ein Urlauber wie sie. Vor zwei Tagen lernten sie sich im GAMBRINUS kennen. Er betrat kurz nach ihr die Gaststätte. Da fast alle Plätze besetzt waren, fragte er sie, ob sie etwas dagegen habe, wenn er an ihrem Tisch Platz nehme. Er wolle nur schnell eine Suppe essen.

Es wurde ein wirklich schöner Abend. Aus Werners ursprünglich geplanten kargen Suppenmahlzeit wurde ein ganzes Menü. Angelika bestellte einen Nachtisch, weil sie noch nicht gehen wollte. Sie plauderten über dieses und jenes. Wenn Werner lachte, hüpfte das Grübchen neben seinem rechten Mundwinkel fröhlich auf und ab. Das gefiel ihr. Als sie nach Stunden das Restaurant verließen, hatten sie zwei Flaschen Weißwein geleert.

Gestern haben sie zusammen gefrühstückt, standen am Büffet plötzlich nebeneinander, griffen gleichzeitig nach den Brötchen, sahen sich an, erkannten sich und lachten. Es war Zufall. Das passiert, wenn man im gleichen Hotel abgestiegen ist. Später sind sie sich beim Wandern begegnet. Wieder Zufall?

Plötzlich bekam Angelika Angst. Nichts möchte sie weniger, als während ihres Urlaubs ständig einen Mann an ihrer Seite zu haben. Sie möchte überhaupt keinen Mann mehr in ihrem Leben. Nie wieder! Mit vier Männern hat sie es versucht. *Ein* Reinfall nach dem anderen. Einmal hätte sie fast geheiratet. Nein, sie möchte ihre Freiheit behalten. Jetzt, wo sich auch die Fortpflanzungsfrage erledigt hat, erst recht.

Aber Werner ist anders. Werner ist unterhaltsam und aufmerksam. Ohne aufdringlich zu sein. Er wandert gern. Wie sie. Und man kann mit ihm lachen. Deshalb haben sie auch heute wieder zusammen gefrühstückt, diesmal mit Verabredung. Angelika hatte es vorgeschlagen. Jetzt ist sie völlig durcheinander.

Vorhin hat ihr Bruder angerufen. Er wollte wissen, wie es ihr so geht und wie ihr die Gegend gefällt. Es war kein schönes Telefonat. Sie klang wohl ein bisschen zu verliebt, als sie ihm von ihrer neuen Bekanntschaft erzählte.

„Ich denke, du hast genug von den Männern?!" Peters Enttäuschung tat fast weh. Seit Monaten möchte er sie mit seinem Kumpel Schmusi verkuppeln. „Ihr zwei würdet so fantastisch zusammenpassen", lag er ihr gleich wieder in den Ohren. „Meine Lieblingsschwester und mein bester Freund, was könnten wir alles gemeinsam unternehmen, was für schöne Familienfeste feiern." Immer wieder fängt er davon an. Es soll sich wie ein Scherz anhören, aber Angelika weiß genau, wie ernst es ihm ist. Sie kennt ihren Bruder und kann es nicht mehr hören. Er hat sich in diesen Traum von der Verbindung seiner beiden Lieblingsmenschen hineingesteigert.

„Ich bin 45 Jahre alt, großer Bruder. Ich bin erwachsen. Ich kann schon sehr gut selbst für mich entscheiden", hat sie ihn beschimpft.

Sie kennt diesen Kumpel nicht einmal, hat ihn noch nie gesehen. Und dann dieser blöde Spitzname: Schmusi. Was kann das schon für einer sein?! So ein Quatsch! Nein, sie möchte ihn auch nicht kennenlernen. Oder vielleicht doch? Vielleicht sollte sie ihrem Bruder einfach den Gefallen tun, damit er endlich Ruhe gibt. Es ist besser nein zu sagen, wenn man das Objekt der Ablehnung kennt. Sie wird Peter nachher noch einmal anrufen. Am besten von der Bahn aus. Auch um sich zu entschuldigen. Vielleicht war sie ja doch ein bisschen zu grob zu ihm.

Endlich fährt der Zug ein. Angelika steigt ein und lässt sich auf das sonnengewärmte Kunstleder fallen. Sie schließt die Augen, kuschelt sich in den

Sitz und denkt breit grinsend an Werner. Als der Schaffner die Fahrkarten verlangt, erschrickt sie. Wie peinlich. Dann ruft sie ihren Bruder an.

„Es tut mir leid, dass ich heute Morgen so ungehalten war", sagt sie versöhnlich. „Ich bin ein bisschen durcheinander. Ich wollte dich an meinen Erlebnissen teilhaben lassen, dir von meiner neuen Bekanntschaft erzählen, und du hast nichts Besseres zu tun, als wieder mit diesem Schmusi anzufangen! Weißt du, dieser Werner ist einfach unglaublich sympathisch. Er würde dir gefallen…"

„Werner?!", fällt ihr Peter ins Wort.

„Ja klar, Werner. Sagte ich doch." Angelika ist schon wieder genervt. Kann er sie nicht *einmal* ausreden lassen. Dann berichtet sie weiter, weil sie es einfach loswerden muss: „Er ist wirklich nett und unterhaltsam. Ich weiß, ich will keinen Freund. Er ist aber irgendwie besonders. Und er hat so ein hübsches Grübchen, direkt unter einem Leberfleck." Sie lächelt ins Telefon. „Ich musste da immer wieder hinsehen. Es war mir echt peinlich, als er es bemerkt..."

„Du willst mich veralbern", sagt Peter.

„Wieso veralbern?" Wieder hat er sie unterbrochen. „Was meinst du?" Angelika versteht nicht.

„Dein Werner hat also einen Leberfleck über dem Grübchen. Vielleicht rechts? Und ist er so circa 1,80 Meter groß und hat dunkles, welliges Haar? Trägt er eine grüne Brille, die er beim Essen auf die Stirn schiebt?"

„Ja." Angelika ist irritiert. „Hast du uns gesehen? Bist du in der Nähe? Konntest du doch Urlaub nehmen?"

„Nein, leider nicht. Mein Freund musste dieses Jahr ohne mich verreisen. Das hatte ich dir doch schon erzählt." In Peters Stimme schwingt echtes Bedauern, aber auch Belustigung. Warum ist er so seltsam?

„Frag doch deinen Werner beim nächsten Treffen mal, ob sein Spitzname zufällig Schmusi ist."

„Du spinnst!" Angelikas Schrei hallt durch den Bahnwaggon. Sie hört Peters schallendes Lachen am anderen Ende der Leitung.

„Nein, das ist nicht wahr. Hast du das gewusst?", fragt sie. „Ist das etwa ein abgekartetes Spiel von euch?"

„Nein, ich habe es nicht gewusst. Eigentlich wollte Werner dieses Jahr nicht in die Sächsische Schweiz fahren. Ehrenwort, Schwesterchen, ich habe nichts davon gewusst."

Der Zug hält. „Oh, ich bin in Rathen! Wir müssen Schluss machen. Ich muss aussteigen." Angelika ist plötzlich total erschöpft. „Ja, ich frage ihn… Das gibt's doch nicht", sagt sie noch und legt auf.

Sie hat eine lange Wanderung vor sich und viel Zeit zum Nachdenken.

Maxim und die Wörter

Maxim war siebenundzwanzig Jahre alt und stammte aus Kuba. Er hat Susanne die Aufmerksamkeit für die Wörter geschenkt. Sie hat ihn nie gefragt, warum und wie lange er schon in Deutschland ist und ob er vorhat, für immer hier zu bleiben. War er bereits als kleiner Junge zu DDR-Zeiten hier gelandet und sprach deshalb so akzent- und völlig fehlerfrei deutsch? Über Privates wurde nicht geredet.

Neben deutsch sprach er spanisch und englisch. Fließend. Je nach Inhalt seiner Aussagen wechselte er die Sprachen, manchmal mitten im Gespräch. Mit Susanne unterhielt er sich ausschließlich auf Deutsch, denn sie beherrschte keine andere Sprache so gut, dass ein Gespräch möglich gewesen wäre.

Maxim war Praktikant an der Musikschule, wo Susanne unterrichtete, und nutzte die Möglichkeit, während dieser Zeit bei ihr kostenlosen Gesangsunterricht zu bekommen. Geduldig sang er die Akkorde und Tonfolgen, die sie mit Wörtern und Wortgruppen unterlegt hatte, auf- und abwärts. Bei einer Übung auf *Sonne* brach er plötzlich mittendrin ab.

„Ein schönes Wort", sagte er und behauptete, dass *Sonne* viel schöner klinge als das spanische *sol* oder das englische *sun*. Wegen der zwei Silben käme der Vokal deutlicher zur Geltung und überhaupt hätte so etwas Schönes wie die Sonne eine längere Bezeichnung verdient.

Zuerst hielt Susanne ihn für einen Spinner, der alles analysieren musste, und wollte nicht näher darauf eingehen. Doch in der nächsten Gesangsstunde unterhielten sie sich wieder über die Wörter, deren Klang und ihre Bedeutung.

Er brachte das Beispiel *Liebe*, wo er wegen des warmen Klanges eindeutig die spanische Variante *amor* bevorzugte. Auch *Gesang* gefiel ihm. Das kehlige englische *vocals* jedoch passe seiner Meinung nach überhaupt nicht. Wohingegen er dem ebenfalls englischen *flowers* unbedingt den Vorzug gegenüber *flor* und *Blume* gab. Das deutsche *Wonne* gefiel ihm sehr und Susanne staunte, dass er diese fast verloren gegangene Vokabel überhaupt kannte. Der spanische Winter *invierno* klinge nach klirrender Kälte und Eis, meinte er weiter. Und tatsächlich sah Susanne augenblicklich eine Winterlandschaft vor sich.

Sie fand Gefallen an diesen Unterhaltungen, bei denen sie mehr zuhörte als sich aktiv zu beteiligen und zu denen sie am ehesten beitrug, indem sie Vokabeln anderer Sprachen erwähnte. Wenn sie auch keine Sprache vollkommen beherrschte, so hatte sie doch schon in etlichen gesungen. Maxim war kein Spinner. Er hatte einfach ein großes Interesse am Klang der Wörter. Er verglich, wägte ab, spielte mit ihnen.

Seine Stimme erinnerte an die BB Kings. Susanne kam mit dem rauchigen Timbre nicht klar und merkte schnell, dass sie Maxim keine optimale Gesangslehrerin sein konnte. Trotzdem wollte sie diesen eifrigen, interessierten und interessanten jungen Mann keinesfalls als Schüler verlieren. Also ließ sie ihn einfach singen, gab ihm lediglich ab und zu ein paar musikalische Tipps, arbeitete mit ihm an der Gestaltung der von ihm ausgewählten Lieder, die sie sich mühsam zu erobern suchte, und machte es sich zur Aufgabe, seine Kenntnis über die verschiedensten Musikgattungen zu erweitern. Ihren klassischen Lied-Vorschlägen gegenüber war er aufgeschlossen. Auf diesem Gebiet war sie sicher und konnte ihm einiges über Phrasierung, musikalische Bögen und Dynamik beibringen. Es rührte sie, wenn er sang. Stundenlang hätte sie ihm zuhören können. Was soll ich daran korrigieren, fragte sie sich ernsthaft und dachte: Ich profitiere deutlich mehr von ihm als er von mir.

Ein paar Mal ging sie zu seinen Konzerten. Er sang und spielte Gitarre in einer Drei-Mann-Band. Er war gut, tauchte voll ein in die Musik, ohne dabei jemals sein Publikum zu vergessen.

Nach einem Jahr endete Maxims Praktikum und somit der Gesangsunterricht bei Susanne.

„Komm doch mal wieder in eins meiner Konzerte. Ich würde mich freuen", schlug er beim Abschied vor und gab ihr seine Visitenkarte, auf der auch seine Homepage angegeben war.

„*Mi tarjeta de visita.*" Ausnahmsweise sprach er spanisch mit ihr.

„Na, das klingt doch viel schöner als *my business card*", antwortete sie und freute sich, dass ihr die englische Variante so schnell eingefallen war. „Oder *moja visitka*", schob sie hinterher. „So heißt es auf Russisch."

„Klingt wie süße, weiche Bonbons", lachte er.

Susanne sah Maxim nie wieder. Doch seit der Bekanntschaft mit ihm denkt sie bedeutend mehr über Sprache nach, geht viel aufmerksamer mit Wörtern um und hat eine Vorliebe dafür entwickelt, dem Klang der Sprache nachzuspüren.

Letzter Tag am Meer

Wie ein zarter Film bedeckt der hohe Salzgehalt der Luft Svenjas Haut. Laue Abendwinde versuchen die Hitze des Tages zu vertreiben. Sie schaffen keine Erfrischung, aber sanfte Wohligkeit.

Fast hüpfend bewegt sie sich auf das Meer zu. Der Hinweg führt bergab. An den steilen Rückweg möchte sie jetzt nicht denken. Als sie an die Stelle kommt, wo die Feigenbäume den Straßenrand säumen, bleibt sie stehen und streckt ihre Arme weit nach oben, um ein paar der leckeren Früchte zu ergattern. Die geplatzten sind die süßesten. Endlich schafft es das Lächeln, das die ganze Zeit schon in ihr geschlummert hat, auf die Lippen. Ich muss aufpassen, dass ich nicht in den Graben rutsche, denkt sie und beugt sich noch ein wenig weiter nach vorne. Ohne zu naschen kommt sie hier nie vorbei.

Ferne Musik schlüpft ihr in die Ohren, kaum hörbar noch. Die Grillen übertönen sie mit ihrem pausenlosen Gezirpe und auch die fröhlichen Menschen, die gleich ihr, jedoch im Gegensatz zu ihr meist in Paaren oder in Familie, die beginnende Nacht durchqueren. Sie ist allein unterwegs. Wie jeden Tag in diesem Urlaub. Aber es geht ihr gut. Heute genießt sie ihre Unabhängigkeit.

Je näher sie dem Meer kommt, desto mehr weicht der allgemeine Lärm dem von Bouzoukis begleiteten Gesang. Sie hatte es gehofft: die Klänge kommen vom Strand.

Doch mit jedem Schritt, den sie der Musik entgegengeht, nimmt auch die Traurigkeit zu, die sich schließlich so schwer auf ihre Schultern legt, dass es ihr nicht mehr möglich ist, Freude an den vergnüglichen Klängen zu empfinden oder gar gemeinsam mit dem Gemisch aus Einheimischen und Urlaubern zu tanzen. Nicht allein. Nicht ohne Christian. Was waren sie glücklich gewesen in jenem Sommer vor drei Jahren. Wie ausgelassen hatten sie sich zu der griechischen Musik bewegt. Gefüllt mit ungewollter Sehnsucht bahnt sich Svenja ihren Weg durch die Menschenmasse.

Ein letzter Versuch, hatte sie gedacht, als sie im Winter die Reise buchte. Nur einmal noch wollte sie auf die Insel, die ihr einen Sommer voller Liebe schenkte. Damals. Drei Wochen Urlaub mit Christian. Drei Wochen absoluter Vertrautheit, nie zuvor in dieser Intensität erlebt. In jenem Sommer hatte es sie gegeben. Neben Christian hatte sie auch die Insel zu lieben begonnen. Es wäre ungerecht, nicht mehr herzukommen. Was kann die Insel dafür?

Alles hat eine zweite Chance verdient, denkt Svenja. Sie hatte noch eine dritte eingeräumt. Es hat keinen Zweck. Die Erinnerungen sind zu stark. Schon in den letzten beiden Jahren hatte sie immer wieder die Traurigkeit eingeholt, obwohl sie so vieles an diesem felsigen, mit Olivenbäumen übersäten Stück Land mag. Tagsüber vergisst sie manchmal den Schmerz. Aber abends im Bett ist es schlimm. Auch diesmal wieder. Es muss doch irgendwann einmal vorbei sein. Düstere und freudige Tage lösen einander ab. Heute ist einer der letzteren. Heute konnte sie das südländische Flair in vollen Zügen genießen. Deshalb wollte sie auch zu den Tanzenden.

Auf unsicheren Beinen läuft sie dicht am Ufer entlang. Wellenzungen kreuzen ihre Bahn. Sie hat die Schuhe ausgezogen, aber die Steine fügen ihren Fußsohlen Schmerzen zu. Schmerzen, die die seelischen verdecken können? Jedenfalls geht es sich barfuß besser, als wenn bei jedem Schritt unzählige kleine Steinchen in die Sandalen rutschen. Endlich erreicht sie den Felsen am hintersten Strandende. Im Schatten des kleinen Vorsprungs haben sie immer gelegen. Etwas abseits von allen anderen.

Genau hier lernten sie sich kennen. Es war ihr dritter Urlaubstag und wie schon an den beiden ersten Tagen ärgerte sie sich über den Strand, dessen harte Kiesel sich durch das Badetuch in ihren Rücken bohrten. Im nächsten Jahr wollte sie wieder an die Ostsee mit den wunderbaren Sandstränden fahren. Er war ebenfalls allein gekommen. Sie waren sich auf Anhieb sympathisch und freuten sich, die Tage gemeinsam verbringen zu können. Irgendwann stellten sie fest, dass sie aus der gleichen Stadt stammten. Was für ein Zufall. Weitere Fragen wurden nicht gestellt. Sie lebten im Heute und Jetzt. Beide genossen die Zeit. Eine Zeit voller Zärtlichkeit und Freude. Erstaunlich schnell entstand Vertraulichkeit. Vielleicht lag es am Sommer und an der fast unerträglichen Hitze. Neben Christian begann sie auch die Insel mit ihren Steinstränden zu lieben.

Er brachte sie zum Flughafen. Sein Urlaub würde erst in vier Tagen enden. Seine Ankunftszeit wollte er nicht verraten. Überraschung, meinte er ein wenig lahm. Er hatte sich verändert. Kaum greifbar. Unmöglich zu beschreiben. Aber sie hatte es bemerkt.

Zu Hause erfand er immer häufiger Gründe, die ein Treffen verhindern. Je mehr Mühe sie sich gab, desto abweisender wurde er. Um ihn zurückzugewinnen, dachte sie sich kleine Aufmerksamkeiten aus, die er missverstand. Er kennt keine Dankbarkeit, dachte Svenja. „Gut gemeint ist das Gegenteil von gut", sagte er in freundlich herablassendem Ton, wenn wieder einmal der Versuch, ihm eine Freude zu bereiten, missglückte.

„Du bist nicht mehr du selbst", warf er ihr vor und ließ sie stehen.

„Ich liebe dich. Was ist denn los?", rief sie ihm verzweifelt hinterher.

„Es ist vorbei. Begreifst du nicht?" Er war hart und ungerecht zu ihr.

Schließlich erfuhr sie von der Frau, die er verheimlicht hatte und die er nie verlassen wollte.

Danach sahen sie sich nur noch einmal. Es sei ein Fehler gewesen, sagte er zum Abschied. Sie solle nicht traurig sein. Sie hätten doch beide eine wunderschöne Zeit und einen Riesenspaß gehabt. Es sei auch für ihn nicht leicht.

Jetzt klettert sie auf den Felsen. Das haben sie in jenem Sommer oft gemacht. Sie schauten von dort oben zusammen übers Meer und genossen abends die untergehende Sonne. Hier hat er ihr das Armband geschenkt, das sie immer noch trägt, weil es ihr so gut gefällt. Ganz hinten am Horizont ist ein letzter schmaler Sonnenrand zu sehen. Svenja schaut so lange hin, bis Himmel und Meer zu einer blaugrauen Masse verschmelzen. Dann streift sie das Armband vom Handgelenk und wirft es ins Meer. Knapp vor ihr versinkt es im Wasser. Sie war noch nie gut im Werfen. Sie verabschiedet sich vom Meer und der Insel. Sie wird sich einen neuen Urlaubsort suchen müssen. Vorerst. Bis der Schmerz vergangen ist.

Noch einmal läuft sie den steinigen Strand entlang, vorbei an den tanzenden Menschen, die ihr die eigene Einsamkeit so bewusst machen, dass ihr Tränen über das Gesicht laufen.

Der Rückweg führt steil bergauf. Trotz der Dunkelheit biegt sie rechts ab in den Olivenhain. Sie hat keine Angst, allein durch die Finsternis zu laufen. Die griechischen Männer sind zwar temperamentvoll und kontaktfreudig, aber auch diskret. Sie lassen fremde Frauen in Ruhe.

Die Olivenhaine werden ihr fehlen. Wie oft hat sie hier im kühlenden Schatten der Bäume gesessen und in einem ihrer Bücher gelesen. Einmal hat sie dabei eine ganze Flasche Retsina ausgetrunken. Danach ist sie schnurstracks zurück ins Hotelzimmer gewankt und hat wunderbar geschlafen. Auch den Steinstrand, die krummen einfachen Häuser der Insulaner und die Feigenbäume wird sie vermissen. Und das Meer mit seinem hohen Salzgehalt, der es möglich macht, ohne sich zu bewegen auf der Oberfläche des Wassers zu treiben. Sie mag die Menschen und das einheimische Essen. Doch die griechischen Klänge, die nach und nach in der Ferne verblassen, kann sie nicht mehr ertragen. Es wird einige Zeit brauchen, bis Svenja die Insel mit all ihren Schönheiten wieder genießen kann. Aber eines Tages wird sie hierher zurückkommen. Dessen ist sie sich ganz sicher.

Briefe

Es gibt Menschen, mit denen kann man sich hervorragend unterhalten, stundenlang, ohne dass Langeweile aufkommt, die Themen ausgehen, peinliche Pausen oder gar Unstimmigkeiten entstehen. Und es gibt jene Menschen, die wunderbare Briefe schreiben, liebevoll, interessant, interessiert. Stefans Mutter gehörte zur Gruppe der letzteren.

Stefan freute sich immer sehr, wenn ein Brief von ihr kam. Er suchte sich dann einen ruhigen Ort, wo er allein mit dem Geschriebenen sein konnte und fühlte sich der Mutter ganz nahe. Jedes Mal staunte er von neuem über die schönen und warmherzigen Worte, die sie als Schreiberin fand.

Wie oft hatte sich Stefan eine gute Zuhörerin gewünscht. Wie oft hätte er als Kind, oder später als Jugendlicher, eines Trostes bedurft, der leider meist verwehrt blieb. Oder eines Rates der Erwachsenen, der in schwierigen Situationen weitergeholfen hätte. Es war nicht böse gemeint. Die Mutter konnte es wohl einfach nicht besser. Sicher hatte sie ihren Sohn trotzdem gern und war nur nicht in der Lage, ihm dies auch zu zeigen.

Erst als Stefan erwachsen war und weit entfernt lebte, so dass fast ausschließlich schriftlicher Kontakt möglich war – beide hatten eine Abneigung gegen Telefonate –, erfuhr er endlich die wohltuende Wirkung von Aufmunterung, Ermutigung, Interessenbekundung. In den zahlreichen Briefen, die zwischen Mutter und Sohn hin- und hergingen, kamen sie sich näher. Manchmal vermutete Stefan, dass dies daher rührte, weil er nun kein Kind mehr war und als Gesprächspartner anders akzeptiert wurde.

Im Schriftverkehr blieb kaum eine Frage unbeantwortet. Stefan genoss einerseits ihr Interesse an seiner Person und freute sich andererseits, dass sie sich ihm gegenüber immer mehr öffnete. Ungeduld und Gereiztheit, die im Leben oft zwischen ihnen gestanden hatten, waren verschwunden. Stattdessen entwickelte seine einst so gestresste Mutter eine gewisse Art von Humor, was Stefan beim Lesen der mütterlichen Briefe zum Lachen und beim Schreiben seiner eigenen auf lustige Ideen brachte. Da musste ich erst erwachsen werden, um zu erfahren, wie witzig und wie lieb Mama sein kann, dachte er.

Er bedauerte es zutiefst, als sie ihm eines Tages gestand, dass sie aufgrund eines Nervenleidens, über welches sie sich nicht näher äußern wolle, leider nicht mehr in der Lage sei, so lange Briefe zu schreiben. Ihre Hand zittere zu sehr und könne den Kugelschreiber nicht mehr halten.

Es kamen noch ein paar mit wackliger Schrift beschriebene Ansichtskarten als Reaktion auf Stefans nach wie vor ausführliche Briefe. Doch schon sehr bald versiegte auch dieses letzte Quellrinnsal.

Als Mutter und Sohn notgedrungen zu Telefonaten wechselten, änderte sich die Form der Kommunikation drastisch. Die Gespräche waren kurz, distanziert und einseitig. Zwar stellte die Mutter Fragen, ließ jedoch kaum Platz für seine Antworten. Stattdessen lieferte sie eine Aufzählung eigener Probleme, Wehwehchen, Arztbesuche und sonstiger Erlebnisse meist negativer Art. Gelang es Stefan doch einmal, sich in eine Gesprächslücke der Mutter zu drängen, hatte er das Gefühl, dass sie ihm kaum zuhörte. Schon gar nicht, wenn die Inhalte problematischer Natur waren. Dann war die Mutter regelrecht irritiert und wechselte schnell das Thema. Auch über lustige Begebenheiten konnten sie nicht mehr gemeinsam lachen. Enttäuscht legte Stefan nach wenigen Minuten auf.

Die Anrufe wurden seltener. Stefan ging dazu über, die Mutter häufiger zu besuchen. Doch auch, wenn sie sich trafen, kehrte die alte, durch das Schreiben der Briefe entstandene Vertrautheit nicht zurück.

Vor einigen Jahren starb die Mutter. Bis heute fragt sich Stefan, warum Gespräche zwischen ihnen so schwierig waren. War die Mutter einer dieser Menschen, die sich am Schreiben klanglich schöner und inhaltvoller Zeilen erfreuen? War sie in Wahrheit eine Sprachästhetin, die Zeit brauchte, um zu formulieren und gelang ihr das am besten, wenn sie in Ruhe nachdenken, Sätze formen, Wortgruppen verändern konnte? Musste sie allein sein, um ihre Gedanken zu sortieren? Oder war sie einfach gehemmt, wenn ihr jemand beim Reden in die Augen sah?

Stefan vermisst seine Mutter sehr. Wenn die Sehnsucht zu groß ist, holt er ihre alten Briefe hervor. Er hat sie alle aufgehoben. Dann sucht er sich einen ruhigen Ort, liest die Zeilen aus vergangenen Zeiten und fühlt sich seiner Mutter ganz nahe.

Hausmusik mit Prominenz

Als Antjes Einladung zur Hausmusik kam, wollte Susanne am liebsten sofort absagen. Außer ihr sollten unter anderem zwei Ärzte der Charité, echte Koryphäen auf ihrem jeweiligen Gebiet, und eine prominente Cellistin kommen. Gehört hatte Susanne von ihnen allen schon, doch persönlich kannte sie niemanden. Auch keinen von den anderen Geladenen mit den nicht so berühmten Namen. Was sollte sie mit ihren zwar durchaus vielseitigen, aber doch jeweils eher dürftigen Fähigkeiten auf solch einer Veranstaltung? Sie tat sich ohnehin schwer mit neuen Bekanntschaften. Susanne hatte es lieber, wenn sie die Menschen erst einmal aus der Ferne beobachten konnte, bevor sie mit ihnen direkten Kontakt aufnahm. Und dann noch solche Berühmtheiten... Aber Absagen war feige. Außerdem hätte Antje den Grund wohl kaum akzeptiert und mit einer ausgedachten Ausrede wollte Susanne die Freundin nicht belügen.

Da fiel ihr der Vogelkäfig ihrer Kindheit ein und die Weisheit des Vaters: „Der schwächste Vogel muss zuerst im Käfig sitzen, damit die stärkeren ihm das Revier nicht streitig machen."

Susannes Eltern hatten damals für sie und ihre Geschwister einen riesigen Vogelkäfig angeschafft. Er sollte als Lehrobjekt dienen, denn der Vater legte großen Wert darauf, dass sich seine Kinder in der Zoologie auskannten. Zebrafinken-Pärchen, wunderschöne blaue Schmetterlingsastrilde mit dunkelroten Wangen, braungemusterte Möwchen, ein Zeisig und einheimische Finken lebten friedlich neben- und miteinander.

105

Die Zusammensetzung veränderte sich ständig. Vögel starben, andere kamen hinzu. Doch jedes Mal, wenn ein neuer Mitbewohner in den Käfig einzog, wurden zuerst alle anderen Vögel ins Wohnzimmer hinausgescheucht. Während sie ausgelassen und teilweise irritiert umherflatterten und dabei ihre Spuren auf Lampen, Schränken, Teppich und Gardinen hinterließen, konnte der neu erworbene Vogel ungestört ganz allein den Käfig erkunden. Wenn schließlich nach und nach alle Finken wieder eingefangen oder auch mit Futter zurückgelockt worden waren, hatte sich der Neuling längst an sein Zuhause gewöhnt und die alten Käfigbewohner beachteten den, der da zuerst im Käfig gesessen hatte, nicht weiter.

Ich muss die Erste im Käfig sein, war daher Susannes Hintergedanke, als sie Antje anbot, beim Decken der Kaffeetafel und den sonstigen Vorbereitungen zu helfen.

Anderthalb Stunden vor Veranstaltungsbeginn klingelte Susanne an der Tür der Freundin. Doch sofort begann sie an ihrer Vogelkäfigmethoden-Idee zu zweifeln, denn Antje bat sie als erstes, den Tisch im Wohnzimmer mit dem Kaffeeservice aus Meißner Porzellan einzudecken. Es befinde sich im Küchenschrank rechts oben, dort wo das selten benutzte Geschirr untergebracht sei. Heute könne es endlich einmal zum Einsatz kommen.

Nun muss erklärt werden, dass Susanne vor vielen, vielen Jahren als Studentin jede Art von Arbeiten übernommen hatte, um ein bisschen Geld nebenbei zu verdienen. Nur die Kellnerei hatte sie immer abgelehnt. Egal wie groß die finanzielle Not war. Die

Befürchtung, mit dem vollen Tablett zu stolpern, zu stürzen und alles in Scherben zersplittern zu sehen, war zu groß. – Jetzt war die jahrelang vergessen geglaubte Angst plötzlich wieder da.

Doch Susanne hatte gelernt, ihre Ängste zu bekämpfen. Mutig bat sie Antje, ihr das Geschirr aus dem Schrank zu reichen, da sie doch größer wäre und besser herankäme. Das war ein Trick, denn in Wahrheit waren beide Frauen gleich groß. Mit leicht zitternden Händen trug Susanne jedes der neun Gedecke einzeln ins Wohnzimmer. Wenn sie jetzt stolperte, würde wenigstens nur ein Teil zerbrechen. Sie ging langsam und achtete gut auf die Schwellen, die die Zimmer des alten Miethauses voneinander trennten. Der weiche Teppich steigerte ihren Mut.

Nach und nach trafen die Gäste ein. Antje ließ sie herein, Susanne nahm ihnen die Garderobe ab und führte sie ins Wohnzimmer. Die Vogelkäfigmethode funktionierte. Sie fühlte sich wie die zweite Gastgeberin und konnte unbefangen und selbstsicher auftreten. Zufrieden stellte Susanne fest, dass sich, mit Ausnahme der beiden Ärzte, die Geladenen untereinander nicht kannten. Die sind also alle neu im Käfig, dachte sie zufrieden.

Außer den drei schon genannten Musiziergästen gab es noch eine ziemlich schüchterne Frau namens Berta, die außer Singen nichts konnte, wie sie selbst von sich behauptete, die forsche Berlinerin Rosi, von Beruf Taxifahrerin, und die passionierte Veganerin Luise, die ihren halbwüchsigen Sohn Jakob sowie einen großen Koffer mit Orff-Instrumenten mitgebracht hatte.

Bei Kaffee und Kuchen kam man sich näher. Wie kommt Antje an solch eine bunte Truppe, fragte sich Susanne und bewunderte die Freundin, die es schaffte, so unterschiedliche Menschen zusammenzubringen. Als ein Kanon angestimmt wurde, stellte sich heraus, dass der ältere der beiden Ärzte völlig unmusikalisch war, es auch ohne die geringste Scheu lachend zugab und anbot, mit einem von Luises Instrumenten Frühlingsregen in den Kanon einzubauen. Einen Kuckuck könne er ebenfalls imitieren. Er habe für solche Zwecke die Blockflöte seiner Enkeltochter mitgebracht. Er wisse ja, dass er beim Singen keine vernünftige Melodie zusammenbrächte. Auch beherrsche er kein einziges Instrument, aber er liebe die Musik sehr und freue sich auf das gemeinsame Musizieren. An dieser Stelle lösten sich Susannes letzten Verspannungen.

Beim Abdecken der Kaffeetafel, eine reichliche Stunde später, nahm sie sogar gleich mehrere Tassen und Teller des kostbaren Geschirrs auf einmal in die Hände. Rosi, die am Tisch neben ihr gesessen hatte und wie sie Hobby-Flötistin war, half ihr.

Antje hatte eine musikalische Frühlingsgeschichte geschrieben, die sie mit ihren Gästen erarbeiten wollte. Der ältere Arzt bekam die Rolle des Erzählers. Er hatte eine angenehm klangvolle Stimme. Außerdem wurde er zum Geräuschmacher verpflichtet, sollte gegebenenfalls als Kuckuck auftreten und das F beim Flaschenblasen übernehmen. Antje hatte zwölf Glasflaschen unterschiedlich voll mit Wasser gefüllt. Durch Überblasen konnten die verschiedenen Töne erzeugt werden, die für ein entsprechendes Lied gebraucht wurden. Susanne suchte sich das D und das Fis aus. Da sie nur zu neunt waren, bekamen drei der Musizierenden je zwei Töne. Der Probedurchgang lief so gut, dass sie sich schließlich sogar in der Zweistimmigkeit versuchten, was nicht gelang, aber für große Heiterkeit sorgte.

Etliche Instrumente kamen in den nächsten Stunden zum Einsatz. Es wurde gesungen, allein, zu zweit, im Chor. Der jüngere Arzt spielte hervorragend Klavier und musizierte gemeinsam mit der schüchternen Berta den von Antje komponierten vierhändigen Frühlings-Boogie-Woogie. Antje entlockte ihrer Geige wunderbare Töne. Zusammen mit Susanne und Rosi musizierte sie ein Vogel-Trio. Dabei wurden sie improvisatorisch vom Kuckuck des älteren Doktors unterstützt. Für die Cellistin hatte Antje einen Gewitter-Walzer komponiert, bei dem Luises Orff-Instrumente voll zum Einsatz kamen.

Es wurde ein wunderschöner Nachmittag, der weit in den Abend hineinreichte. Aus den Herren Professoren Doktoren wurden bald Martin und Lothar. Beide schienen froh zu sein, ihrem verantwortungsvollen Alltag für einige Stunden entronnen zu sein. Berta verlor ihre Schüchternheit. Die Cellistin entpuppte sich als bescheidene, humorvolle Musizierpartnerin. Luise und Rosi freundeten sich an. Sogar der junge Jakob schien sich unter all den Erwachsenen wohlzufühlen. Es war Antje mit Hilfe der Musik gelungen, Menschen unterschiedlichster Art für ein paar Stunden zusammenzubringen. Und die Vogelkäfigmethode hatte Susanne zu einem guten Start verholfen.

Hilde Lieblichs Lesung

Als ich neulich mein Bücherregal aufräumte, fiel mir
WALLANDERS ERSTER FALL von Henning Man-
kell in die Hände. Ich kaufe mir für gewöhnlich keine
Kriminalromane, da ich sie selten mehr als einmal
lese. Literatur dieser Art leihe ich von Freunden, finde
sie in Bücherkisten oder bekomme sie geschenkt. Den
Wallander hatte ich mir von Hilde Lieblich geborgt,
die sich selbst als Mankell-Fan bezeichnete. Sie besaß
sämtliche WALLANDER-Bände, schwärmte mächtig
von ihnen und wollte sie mir nach und nach ausleihen.
Doch dazu kam es nicht mehr.

Ich lernte sie bei der Schreibwerkstatt kennen. Als ich
zu den Hobby-Autoren stieß, war sie bereits seit einigen Monaten Mitglied dieser Gruppe. Sie schrieb über
das Mietshaus, in welchem sie fast ihr gesamtes Leben zugebracht hatte. Es gab nur dieses eine Werk von
ihr und es war auch kein weiteres geplant.
      Das alte gelbe Gebäude hatte es ihr angetan.
Über hundert Seiten hatte sie bereits verfasst und immer wieder entstanden neue Kapitel. Auf ihren Spa-
ziergängen sprach Hilde Lieblich Menschen an, fragte
sie über den Ort, die Straße und speziell das gelbe
Haus aus. Auf diese Weise sammelte sie ihre Informa-
tionen. Sogar eine inzwischen vierundneunzigjährige
ehemalige Mieterin des Hauses konnte sie ausfindig
machen. Hilde Lieblich hatte Zeit. Sie befand sich seit
vielen Jahren im Ruhestand.
      Seit der Jugend hatte sie als Kindergärtnerin
gearbeitet und sich in zweivierzig Berufsjahren ihre

helle, freundliche, stets von einem Lächeln begleitete Sprechweise angewöhnt und für immer beibehalten. Langsam und deutlich formulierte sie die Sätze – frei von komplizierten Vokabeln, Fremdwörtern und Anglizismen, egal, ob beim Sprechen oder beim Schreiben. Ihre Texte waren keine literarische Hochleistung, aber sie waren interessant und mit Herzblut verfasst. Hilde Lieblich schrieb für Schulkinder. Sie mochte Kinder, egal welchen Alters sie waren.

Ihre eigenen Urenkel hörten die Geschichten über das gelbe Haus zuerst. Danach erst las sie sie in der Schreibwerkstatt vor. Akribisch notierte sie unsere Verbesserungsvorschläge in ihren handschriftlichen Text und trug uns die korrigierte Version einen Monat später vor.

Glücklich berichtete sie eines Tages, dass eine Lesung ihres Werkes in der Grundschule des Ortes geplant sei. Sie hatte sich dort angeboten, der Schulleiter hatte erfreut eingewilligt und einen Termin im Frühsommer vorgeschlagen.

Doch vorher sollte es eine Gemeinschafts-Lesung der Schreibwerkstatt geben.

„Das wird die allererste Lesung meines Lebens. Ich bin schon so aufgeregt", gestand mir Hilde Lieblich während der Fahrt zum monatlichen Hobby-Autorentreffen. Ich hatte ihr angeboten, sie mit dem Auto abzuholen und auch hinterher wieder nach Hause zu bringen, um ihr die für ihr fortgeschrittenes Alter beschwerliche Fahrt mit Straßenbahn und Bus zu ersparen. Sie hatte dankend angenommen, zumal sie nicht die Gesündeste war. Manch ein Treffen musste sie wegen akuter Herzbeschwerden absagen.

Anfang Mai war es so weit. Sechs Mitglieder unserer Schreibwerkstatt durften ihre Gedichte, Geschichten oder Romanauszüge vortragen.

Auch für mich war es die erste Lesung. Auch für mich ging an jenem Tag ein Wunsch in Erfüllung. Seit Jahren hatte ich davon geträumt, in einem großen Saal meine Geschichten einem Publikum vorzutragen, das mit einer Eintrittskarte in der Hand einfach still dasitzen und mir zuhören würde. Es war ein erhebendes Gefühl. Ich war mindestens so aufgeregt wie Hilde Lieblich, versuchte dies aber im Gegensatz zu ihr zu verstecken.

Hilde Lieblich war die vierte Lesende. Da sie nach mir dran war, konnte ich ihr gut zuhören, denn meine Aufregung war nun verflogen und mein Kopf wieder frei. Hilde Lieblich hatte Freunde und Verwandte mitgebracht, die eine ganze Stuhlreihe belegten. Sie las konzentriert und ohne einen einzigen Versprecher. Ihre helle, freundliche Stimme passte gut zum Text. Mit stark geröteten Wangen und begleitet von kräftigem Applaus verließ sie anschließend den Leseplatz und saß bis zum Ende der Veranstaltung glücklich lächelnd inmitten ihrer Fans.

Auf dem Weg zum nächsten Treffen der Hobby-Autoren klingelte ich vergeblich an Hilde Lieblichs Wohnungstür. Ich machte mir Sorgen. Sie hatte sonst immer rechtzeitig abgesagt. Vom Leiter unserer Schreibwerkstatt erfuhren wir schließlich, dass sie zwei Tage nach der Lesung in ihrer Wohnung an einem ihrer Herzanfälle gestorben war.

Man fand mehrere Briefe an Freunde, Familienangehörige und Bekannte, in denen Hilde Lieblich vom Erfolg ihrer Lesung und der Freude darüber berichtete. „Meine Geschichte über das gelbe Haus ist sehr gut angenommen worden. Ich bin so glücklich", schrieb sie.

Wenn ich richtig informiert bin, fand die geplante Lesung in jenem Frühsommer in der Grundschule trotzdem statt. Eine Tochter oder Enkelin von Hilde Lieblich übernahm die Aufgabe. Sie habe das Manuskript abgetippt, digitalisiert und einen Abdruck der Schule geschenkt, hieß es und auch, dass einige der Schüler sogar anschließend extra das gelbe Haus aufgesucht hätten.

WALLANDERS ERSTER FALL von Henning Mankell ist der einzige Kriminalroman in meinem Bücherregal, den ich behalten möchte – obwohl ich ihn wahrscheinlich nie wieder lesen werde. Genau genommen hätte ich das Buch den Erben geben müssen, aber ich denke nicht daran. Es erinnert mich an Hilde Lieblich, unsere gemeinsamen Autofahrten und ihre einzige Lesung über das alte gelbe Mietshaus, in dem sie viele Jahrzehnte lebte und in dem sie schließlich starb.

Im Gedenken an die Kadertante

„Ach hör bloß auf mit den alten Kamellen. Ich kann es nicht mehr hören!", schimpfst du. Mir geht es doch genauso. Ich kann das auch alles nicht mehr hören. Dreißig Jahre ist es her und immer noch wird über dieses Thema geschrieben, werden Erzählungen, Gedichte, ja ganze Romane verfasst, teils verklärt, teils wütend, selten einfach nur sachlich. Wie kann sich Wut so lange halten, frage ich dich. Du kannst es nachvollziehen? Dann schreib es auf, schreib dir den Frust herunter, aber lass mich in Ruhe damit.

Nein, *ich* möchte nicht über jene Zeit schreiben, habe es bisher nicht gemacht, einerseits weil andere schneller waren, aber auch, weil ich genug andere Themen habe. Doch Edeltraut Schwartz ist es wert, dass ihr ein paar Worte gewidmet werden, finde ich. Sie war nicht wichtig genug, dass jemand über sie schreibt, weißt du? Deshalb möchte wenigstens ich mich – nur mit ein paar Zeilen, das verspreche ich dir – an sie erinnern.

Sie war Mitarbeiterin unseres Kaderbüros. Ich weiß nicht einmal, ob sie dort eine leitende oder eine untergeordnete Funktion hatte. Ich glaube ersteres. Es hat mich nicht interessiert. Mein damaliger Chorleiter nannte sie Kadertante und ich übernahm den Begriff.

In Abständen, von denen ich nicht mehr weiß, wie sie zeitlich auseinanderlagen, fanden für uns Sänger und Sängerinnen Kadergespräche statt. Heute heißt das Personalgespräch. Ach du weißt das? Natürlich. Entschuldige. Sei doch nicht gleich beleidigt! Ich war jedenfalls im zweiten Jahr meines Engagements zu solch einem Gespräch geladen und ziemlich aufgeregt. Unser Chorleiter, Edeltraut Schwartz und zwei weitere, in irgendwelchen leitenden Positionen befindliche Herren saßen mir gegenüber. Ich habe vergessen, wer sie waren. Es ist lange her. Jedenfalls wurde jeder mir von den Männern entgegengebrachte Kritikpunkt, sei es meine allgemeine Zurückhaltung, der Mangel an sichtbarer Freude beim Singen, mein Kleidungsstil oder was auch immer, von Edeltraut Schwartz mit kleinen Bemerkungen ins Positive oder wenigstens an den Rand dessen gerückt. Ich fand diese „dunkelrote Socke", wie sie hinter vorgehaltener Hand genannt wurde, ziemlich sympathisch.

Nachdem ich ein paar Jahre im Dienst war, nahm mich der Chorleiter, der inzwischen zu meinem Geliebten geworden war, mit auf einen seiner genehmigten Westberlin-Trips. Wir hatten zwei Tourneen kurz hintereinander – eine lag bereits hinter uns, die andere stand noch bevor – weshalb die entsprechende Seite im Reisepass mit dem Stempel MEHRMALIGE AUSREISE versehen worden war. Edeltraut Schwartz war maßgeblich daran beteiligt, dass mir dieses heilige Dokument ganz privat, quasi so mal zwischendurch, ausgehändigt wurde. Da ich nach dem übrigens sehr beeindruckenden Tagesausflug den Pass erst einmal mit nach Hause nahm, hätte ich eigentlich noch einmal nach drüben gehen können, weißt du? Ich hatte es auch ganz kurz in Erwägung gezogen. Aber das wäre ein zu großer Vertrauensbruch gewesen.

Ende der achtziger Jahre bekam ich, gemeinsam mit einer Kollegin, ein großzügiges vierwöchiges Visum, um an einem zweiwöchigen Alte-Musik-Kurs in Österreich teilzunehmen. Es wurde ein wunderbares Abenteuer für meinen Trabi und uns. Ich bin mir sicher, dass auch da Edeltraut Schwartz ihre Hände im Spiel hatte.

Sie war eine gute Rote, die stets ein offenes Ohr für uns hatte, niemals jemanden anschwärzte und immer freundlich war. *Natürlich* gab es auch die guten Roten. Lach nicht! Sie hat an die Sache geglaubt. Vielleicht war sie ein bisschen zu naiv oder verblendet. Wie auch immer ich das bezeichnen soll.

Nie werde ich vergessen, wie sich Edeltraut Schwartz noch einmal vor uns stellte, um die Vorzüge des FDGB zu preisen. Kostengünstige Ferienplätze und so. Sie wollte uns zur Vernunft bringen, verhindern, dass wir alle die Gewerkschaft verließen. Sie hatte in sehr kurzer Zeit unglaublich zugenommen und wirkte wie ein Wesen aus einer anderen Welt. Sie tat mir unendlich leid.

Gern hätte ich sie noch einmal getroffen, um ihr für alles zu danken, aber niemand kann mir sagen, wo sie abgeblieben ist.

Sie war das erste Wendeopfer, das ich kennenlernte. Ich selbst hatte es ja gut, bin von einer Sonnenseite auf die andere gefallen. Ich hatte den richtigen Beruf und vor allem die richtige Arbeitsstelle.

So, das war's schon. Ich hoffe, ich habe mich kurz genug gefasst. Nur noch ein letztes: Sie hieß nicht wirklich Edeltraut Schwartz. Ich gab ihr diesen Namen, weil ich niemanden fragen kann, ob ich über sie schreiben darf. Wer sie einmal gekannt hat, wird wissen, wer sie war. Wer sie nicht kannte, dem ist es sowieso egal. Ich danke dir fürs Zuhören.

Inhalt

Das Hexenhaus   6

Der Poet   15

Der junge Freund   19

Das Sommerfest   22

Unter Espen träumen   28

Glühwürmchen-Zeit   31

Geliebter Krempel   36

Hana   40

Dorothea   46

Nur ein Freund   47

Babsis kurzes Leben   53

Der Junge, der ein Hund sein wollte   58

Die stummen Boten   63

Smalltalk auf norddeutsch   66

Vernissage   67

Jürgens Beerdigung   73

Einladung zum Neujahrskonzert   77

Die Zwillingspuppen   83

Angelika muss nachdenken   88

Maxim und die Wörter   94

Letzter Tag am Meer   97

Briefe   102

Hausmusik mit Prominenz   105

Hilde Lieblichs Lesung   110

Im Gedenken an die Kadertante   114

Weitere Titel von Anke Voigt

Warmer Regen
Geschichten und Gedichte

Von Liebe, diesem „einzigen gesellschaftlich anerkannten Wahnsinn" sprechen die Texte dieses Buches.

In stimmiger, bildhafter Sprache erzählt die Autorin eindrücklich von Menschen um uns, wie sie unterschiedlicher nicht sein können.

Mehr als zwei Duzend poetische Miniaturen in Lyrik und Prosa, wundervoll ergänzt durch stimmungsvolle Fotos.

Edition Märkische LebensArt
ISBN 978-3-943614-03-9
Euro 9.99

Der Alte muss weg
Fall I der Reihe: Authentische Gerichtsfälle
aus Brandenburger Strafprozessen

Diese tragische Dokumentation lässt ein folgenschwe-

res Drama miterleben
und wirft zugleich einen
erschütternden Blick
auf eine traurige Kind-
heit und Jugend. Sie
zeigt die Wurzeln der
Gewalt und deren Eska-
lation, beleuchtet, wie
daraus Angst und
Hilflosigkeit entstehen,
die Rachegefühle und
Hass auslösen können.

„Auf der Anklagebank der Jugendschwurgerichts-
kammer sitzt eine intelligente, junge Frau. Sie hat
versucht, ihren Vater kaltblütig ermorden zu lassen.
Die Autorin erzählt die Lebensgeschichte der Studentin, bevor diese in die Mühlen der Justiz gerät…
Das Buch ist ein Appell an uns alle, nicht wegzuse-
hen, wenn Kinder beleidigt, geschlagen oder miss-
braucht werden, wenn Anzeichen häuslicher Gewalt
erkennbar werden…"
(Barbara Riechstein, Justizministerin a.D.)

Edition Märkische LebensArt
ISBN 978-3-943614-19-0
Euro 12,90

Die leisen Töne sind es, die das Herz berühren
Gedichte

„Großvater saß
am Flügel
improvisierte
selbstvergessen
verlor er sich
in Pianogesängen.

Ich saß
unterm Flügel
lauschte
unentdeckt
den wundersamen
Klängen."

122 Gedichte, manche modern, andere in klassischer
Form, gereimte und ungereimte, Kalendersprüche und
Limericks vereint die Autorin in diesem abwechs-
lungsvollen Band.

BoD – Books on Demand, Norderstedt
ISBN 978-3-7526-8853-5
Euro 9,00